Gris-bleu sur fond rouge

Du même auteur

Pense-bêtes 1990

Un printemps au lycée Voltaire 2007

Animalement vôtre 2010

Du sang sur la ligne 2011

De rail et de sang 2014

Georges GILLE

Gris-bleu sur fond rouge

Maquette de l'ouvrage réalisée par Georges Gille.

Gris-bleu sur fond rouge
Tous droits réservés
© 2016 autoédition
ISBN : 978-2-9550296-0-2

Je dédie ce roman à toutes celles et ceux qui sont tombés pour une cause juste.

Remerciements

Je remercie – tout particulièrement – mon correcteur qui est aussi mon collègue et ami, Christophe Doison, pour son fastidieux et méticuleux travail de fourmi. Sans lui, ce roman ne serait pas vraiment ce qu'il est.

Je remercie également l'historien James McPherson, dans l'œuvre duquel j'ai puisé la plupart des références historiques.

Je terminerai en remerciant Messieurs Jouineau et Mongin pour leurs ouvrages sur les uniformes et les armes des soldats et officiers des corps d'armée cités.

Préface

Depuis vingt ans, Georges Gille conduit les trains au départ de la gare de l'Est. Une fois le terminus atteint, souvent à l'entrée de la terre d'Alsace, la concentration que nécessitent ses obligations vis-à-vis de la sécurité aux commandes de sa machine cède la place à l'évasion de la feuille blanche. C'est alors qu'il peut laisser l'imagination prendre le pas avec délice. Une respiration devenue indispensable avec le temps, un élément même de la vie.

Georges nous avait laissés dans les heures sombres d'une adolescence parisienne. Quittant le lycée Voltaire, nous sommes portés désormais un bon siècle en arrière : un enseignant américain, vétéran du grand conflit intestin que fut la guerre de Sécession, se souvient de son passé. Une famille peu aimante, l'engagement désespéré dans l'armée unioniste, le retour à une existence civile sont dépeints avec force dans cette fresque où la violence et la tendresse se succèdent.

Dès les années de collège Georges Gille s'est passionné pour l'histoire. C'est à cette discipline qu'il mêle généreusement la joie de l'écriture pour donner naissance à une formidable saga. Cette période tragique d'outre-Atlantique est décrite avec passion, tant dans l'horreur des combats que dans la volupté d'une étreinte. Au gris-bleu et au rouge, il faut ajouter le vert dans le spectre coloré de cette aventure. Car en y plongeant sans retenue, alors que la noirceur souvent ne nous est pas épargnée, l'espoir d'un avenir moins sombre ne nous quitte pas tout à fait.

Christophe Doison.

États ayant fait sécession après la chute de Fort Sumter

États ayant fait sécession avant la chute de Fort Sumter

États frontaliers n'ayant pas fait sécession

États de l'Union

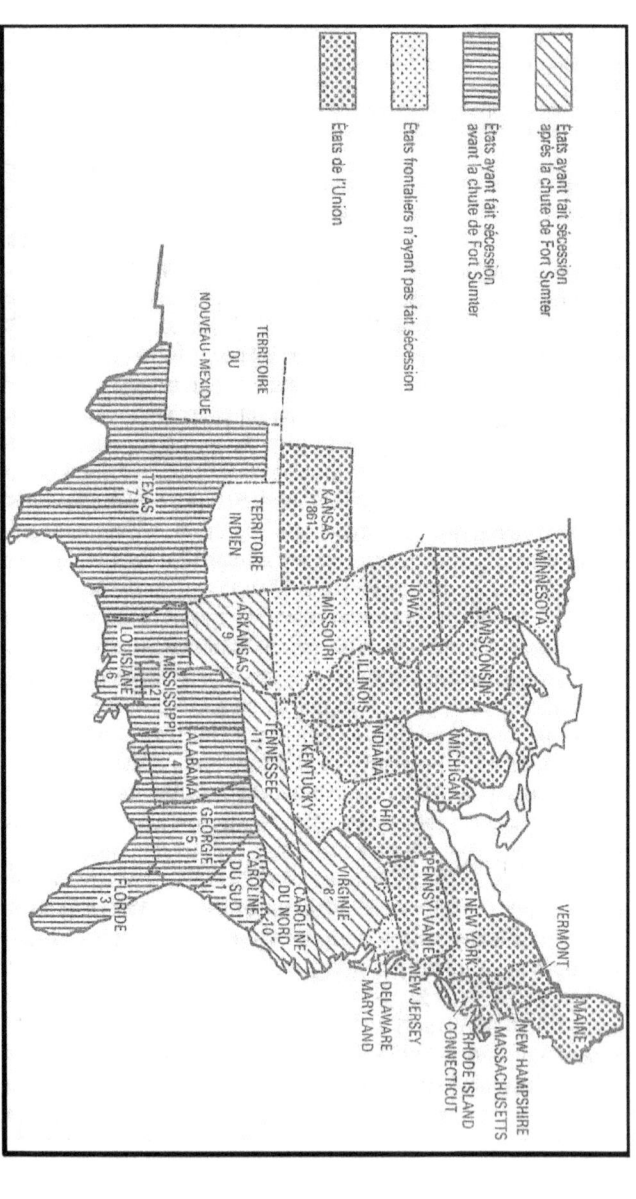

États ayant fait sécession dans l'ordre, avant la chute de Fort Sumter : Caroline du sud – Mississippi – Floride – Alabama – Géorgie – Louisiane – Texas. Après la chute de Fort Sumter : Virginie – Arkansas – Caroline du nord – Tennessee.

États frontaliers n'ayant pas fait Sécession : Missouri – Kentucky – Maryland.

États de l'Union : Kansas – Minnesota – Iowa – Wisconsin – Illinois – Michigan – Indiana – Ohio – New York – Pennsylvanie - Maine – Vermont – New Hampshire – Massachusetts – Rhode Island – Connecticut - New Jersey - Delaware.

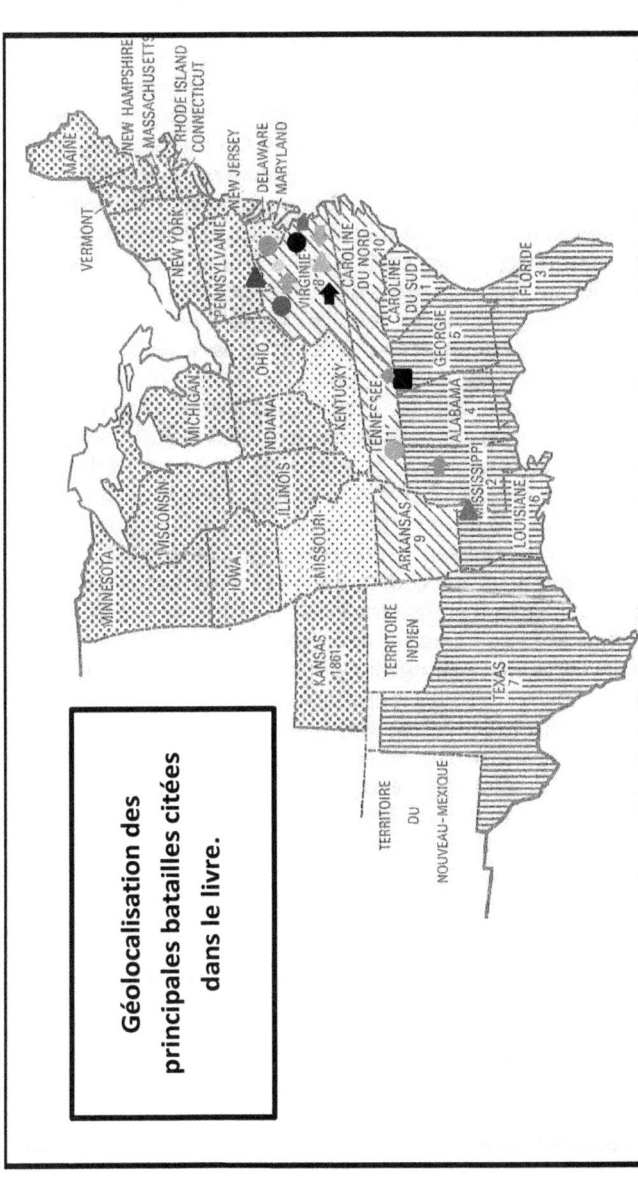

Géolocalisation des principales batailles citées dans le livre.

<u>États liés aux batailles citées (le symbole au dessus à gauche indique la géolocalisation)</u>

Shiloh – Sept Jours - Antietam – Fredericksburg – Stone Rivers – Chancellorsville – Gettysburg – Vicksburg – Chickamauga – Chattanooga - Wildernes – Spotsylvania – Yellow Tavern + Cold Harbor – Tupelo – Petersburg – Appomatox.

Prologue

Colombus, Ohio. Université Lincoln.

10 mai 1882, 8 h 45.

« Bonjour Messieurs ! Sortez vos copies ! Aujourd'hui, le sujet du contrôle est : causes et conséquences de la guerre de Sécession ! Vous avez deux heures ! »

Les étudiants sortent leur matériel dans un brouhaha de règles, de crayons et de porte-plume ; tous chuchotent, s'interpellent, se questionnent, à tel point que je suis obligé d'intervenir :

« Silence !! »

Le calme revenu, j'observe mes élèves. Certains se grattent la tête, d'autres mâchonnent leur crayon ; ils planchent tous avec application, il y a tant à dire qu'ils se demandent sûrement par où commencer. Et je repense à la question posée : « causes et conséquences de cette foutue guerre ». Le silence aidant, je me replonge quelques années en arrière. En été, en août 1862 pour être précis.

Chapitre 1

Cet été est vraiment très chaud, du moins à l'extérieur de notre maison...

Pour mes vingt ans, mes parents ont invité tous les notables du quartier et les quelques parents qui « présentent bien », mon grand-père paternel Henry McAndrew, sa femme Beth et son fils James, le frère de mon père ; ma tante Rosa, sa femme, ne viendra pas. Personne ne s'inquiète de son absence à part moi, mais moi...

Mon père est un petit bourgeois qui s'est élevé socialement. Il dirige une fabrique de chaussures d'une poigne de fer. Ma sœur Judith qui est très fière de son diplôme de comptabilité travaille pour lui. Elle est beaucoup moins dure que mon paternel, mais elle a hérité de la froideur de ma mère, du moins en apparence, car je ne la connais que trop peu, elle ne m'adresse jamais la parole. Elle vit toujours à la maison, mais ne fréquente personne.

Ma mère descend le grand escalier en chêne qui aboutit au cœur de notre vaste salle à manger, elle rayonne, elle est heureuse de faire contempler sa nouvelle robe achetée pour l'occasion. Suzanne, ma mère, est très soucieuse de son physique et de sa lingerie, je peux même dire que c'est tout ce qui compte pour elle, mis à part et dans l'ordre : ses biens, sa maison et ses amies.

Elle sourit à la cantonade.

Mon père décide de faire son entrée. Il arrive dans mon dos en me tapotant sur l'épaule, il sait que je déteste ses arrivées faussement joviales, mais il prend un malin plaisir à le faire. Il est impeccable comme toujours, du moins sur le plan vestimentaire…

Ma sœur Judith est assise dans un rocking-chair, elle se balance, l'œil vide, la mine sans expression. Elle a sorti une vieille robe à dentelle d'un placard de sa chambre, ses cheveux sont relevés en chignon ce qui lui donne cet air si sévère. Elle ne se soucie guère de sa personne et pour couronner le tout elle a hérité de la pingrerie paternelle.

Le heurtoir de la porte d'entrée a claqué, Carmella, notre bonne, se précipite pour ouvrir ; c'est Monsieur McAndrew et madame, suivi de James McAndrew, mes grands-parents paternels et mon oncle. Rosa, ma tante, la femme de James, n'est pas venue et pour cause, elle n'était pas invitée. Simple fille d'immigrants siciliens, pauvres de surcroît donc peu fréquentables. Ses parents avaient tragiquement trouvé la mort un jour de tempête, leur pauvreté ne leur avait pas permis de s'abriter correctement et la nature les avait emportés.

Mon oncle qui ne supportait pas le joug paternel avait rencontré Rosa au cours d'une de ses escapades dans un bar où elle servait. Il avait eu pour elle un prétendu coup de foudre. Ils se sont mariés malgré les menaces de mon grand-père, l'amour l'a emporté, mais pas pour longtemps. Ma tante s'est très vite retrouvée enceinte et mon oncle n'avait plus de travail. Le vieux Mac les a eus à l'usure. Il a aidé financièrement son fils à bâtir un petit commerce de mercerie, commerce qui a prospéré grâce au talent de ma tante Rosa qui est magistralement douée pour tenir les comptes et les carnets de commandes. Elle faisait aussi de splendides nappes et napperons en dentelle que beaucoup de ménagères lui commandaient d'un peu partout. Bref, le petit commerce est devenu deux grands magasins réputés dans tout le Michigan, mais le prix à payer était très élevé, trop élevé. Mon grand-père avait émis une clause à sa générosité :

« Je te donne cet argent, mon fils, à une condition ! Je ne veux plus jamais revoir ta bohémienne de femme ! »

Mon oncle avait pâli, blêmi, puis sa colère avait fait place à une rage presque perceptible pour finir par une peine amère. Il n'a pas répliqué, il a pris l'argent, il a pensé à son épouse qui attendait un heureux événement, comment élever ce bébé sans un sou ?

Lorsqu'il a tout avoué à Rosa, elle s'est contentée de rougir en s'excusant d'être un parti si misérable et elle a fui pour cacher ses larmes.

Je sais tout cela, car, plus jeune, nous allions, ma sœur et moi, passer quelques semaines de vacances chez ma tante et mon oncle – à Flint – dans le Michigan.

Je me souviens de la première fois, c'était en 1857, j'avais quinze ans et Judith dix-sept ; je n'avais entendu que du mal sur Rosa et je m'attendais à voir une sorte de sorcière quelque peu effrayante. J'avais presque peur de la rencontrer. À notre arrivée, après notre descente du train, une très belle jeune femme brune avec de merveilleux yeux bleu outremer nous attendait au cœur de la gare de Flint. Elle guettait. Je fis attention à elle sans savoir qui elle était, elle nous héla ; j'étais persuadé qu'il s'agissait d'une amie de la famille, mais que ce n'était pas ma tante.

« Bonjour mes enfants ! »

Sa voix était douce et chaude.

« Je suis tante Rosa… », susurra-t-elle en nous serrant très fort.

Elle avait un adorable petit accent italien. J'étais subjugué, ébaubi. Je m'attendais à un monstre, j'étais devant une déesse. Je me souviens aussi qu'elle pleurait discrètement en nous regardant, cela m'a fait très mal.

J'ai passé cet été-là les plus belles vacances de ma vie, aux côtés d'une femme avec, un grand, un immense « F » ! Elle était douce, tendre, attentionnée, féminine jusqu'au bout des ongles, en un mot : fascinante !

Pourtant, un soir d'été j'ai compris bien des choses ; nous étions seuls et pendant notre conversation je lui glissais que je m'étonnais de la savoir sans enfant, elle qui était si maternelle. Elle m'a expliqué qu'elle avait connu le bonheur d'être enceinte, mais que le travail dans la mercerie lié au souci d'être rejetée par sa belle-famille avait fini par tuer son bébé en elle et qu'elle n'avait été sauvée d'une mort certaine qu'en devenant stérile. Mon oncle et mon grand-père étaient la cause de toutes ses souffrances et mes parents avaient entretenu le mythe de la sorcière. Je ne suis pas près de leur pardonner cela... J'étais à dix centimètres d'elle, nous étions assis sur une balancelle dans leur jardin et cette magnifique femme, délicieusement belle, pleurait discrètement. Mais son chagrin était contenu depuis si longtemps qu'elle pleura de plus en plus fort et que sa poitrine et son cou délicat tressautèrent de plus en plus violemment. Moi qui étais sevré d'amour et de tendresse et qui, dans d'autres circonstances, n'aurais pas su quoi faire, du haut de mes quinze ans je lui pris la main, elle était fraîche et légère. Ses sanglots lui nouaient la gorge. Je la dévorais des yeux, son mètre cinquante-cinq ne dépassait pas mon épaule. Elle était fine, mais son décolleté laissait deviner des petits seins bien ronds et bien fermes. Ses cheveux onyx, très bouclés, flirtaient avec son cou, sa peau dorée contrastait avec sa robe de dentelle blanche. Elle arborait un chapeau à larges bords décoré d'un long foulard de soie. Un véritable tableau de rêve. Sans comprendre comment, j'ai passé un bras dans son dos et posé ma main sur sa taille. Elle a retiré sa coiffure et a délicatement posé sa tête sur mon épaule. Je l'ai serrée contre moi, je pleurais avec elle. Il ne s'est rien passé d'autre, mais je sais que je n'oublierai jamais cet instant si émouvant et si charnel. Rosa incarne, pour moi, la beauté et l'amour à l'état pur. C'est vrai, je n'avais guère plus de quinze ans, mais ma solitude et mon désert affectif m'avaient mûri prématurément. De plus, mes cheveux d'un noir soutenu, mes yeux couleur charbon qui devaient me venir d'une lointaine ascendance italienne et ma barbe naissante me donnaient l'air sérieux d'un brun ténébreux et au moins trois ans de plus. Je sais, honteusement, qu'en ce merveilleux soir du 12 juillet 1857, je suis tombé éperdument amoureux de ma tante Rosa, et ce malgré nos quinze années d'écart. J'en suis gêné rien que d'y penser, mais quel délice !

Depuis, chaque année, j'ai passé mes étés chez ma tante, je dis : « je », car Judith a décidé en 1859 de ne plus revenir dans le Michigan. Ses raisons restent mystérieuses, mais je dois dire que cela m'arrangeait bien : je ne partageais rien avec elle et je n'avais pas besoin d'être espionné. Rosa s'est bien un peu vexée, mais Judith et elle ne s'entendaient que trop peu et de toute façon si quelqu'un m'attire il ne peut que déplaire à ma chère sœur !

Les années défilaient, je me sentais de plus en plus proche de ma tante, j'avais arrêté de grandir, mais ma voix avait complètement mué, mes favoris s'épaississaient et mes sens s'éveillaient. Je commençais vraiment à désirer Rosa ; je l'aimais de plus en plus profondément envers et contre moi. J'avais laissé la morale de côté, je ne voulais plus lutter contre mes sentiments. L'été fini, le reste de l'année n'en finissait pas ; je ne cessais de penser à elle et chaque été qui passait était comme une torture grandissante pour moi. Le 30 juin, j'étais euphorique, je tremblais de bonheur, et le 31 juillet je ne pouvais m'empêcher de pleurer à l'idée de notre séparation physique pour onze longs mois. Pourtant, nous ne faisions qu'échanger des idées, des sourires, nous marchions de longues heures, main dans la main, nous restions assis – côte à côte – à admirer un coucher de soleil. Mon oncle était très souvent et étonnamment absent. Il y a bien eu quelques effleurements, des rires complices et surtout des conversations interminables sur tout et sur rien. Les repas étaient très chaleureux : nous n'étions souvent qu'elle et moi ainsi que Marta, sa bonne. Nous mangions dans une ambiance chaude et colorée, c'était divin !

Et puis il y a eu cette trop courte journée du 14 juillet 1860.

Ce jour-là, nous étions proches de la petite rivière derrière le hangar. Le soleil se couchait dans une myriade de rouges et d'orangés, elle frissonnait. C'est là qu'elle a pris ma main et s'est blottie contre mon cœur. Elle était un peu « grise », le vin du soir l'avait déliée et pour une fois elle se laissait aller. J'étais fier, mes dix-huit ans la protégeaient, la réchauffaient ; mon corps était brûlant et sans que je ne puisse réagir, elle a déposé un baiser sur mes lèvres, un baiser très bref, mais inoubliable. Elle s'est très rapidement reprise, moi j'étais aux anges, mais complètement abasourdi. Elle m'a immédiatement lâché la main et m'a demandé de rentrer à la maison, gênée de s'être abandonnée…

Le lendemain, elle m'a fait une merveilleuse surprise : pour effacer la tristesse de mon visage et peut-être aussi pour me faire comprendre que son baiser de la veille n'était pas complètement imprévu, elle m'a donné un petit étui en peau contenant une mèche de ses cheveux noirs. Avec un lacet de cuir, je l'ai attaché à mon cou me jurant bien de mourir plutôt que de me le faire voler.

Cet été 1860, je l'ai vu aussi beaucoup pleurer. Mon oncle James passait de plus en plus de temps dans ses affaires. Il rentrait de moins en moins souvent à la maison et ses absences duraient parfois presque une semaine. Je me doutais qu'il avait une liaison avec une de ses employées, une ou plusieurs d'ailleurs ! Trop de détails le trahissaient : les cheveux sur son col, le parfum sur ses vêtements, ces incohérences d'horaires, son manque total de tendresse envers Rosa et tant d'autres choses ; à croire qu'il se moquait d'être confondu.

Ce baiser sur ma bouche m'a fait me poser moult questions, il m'était impossible de croire que ma tante pouvait éprouver autre chose pour moi qu'une simple tendresse. L'amour que je lui vouais était surtout platonique et fantasmagorique, presque impalpable et quasi inexistant aux yeux des autres. Mais le 26 juillet 1861, tout a chaviré…

La canicule s'était installée sur tout le Michigan, l'air était étouffant, Rosa avait été morose toute la journée. Mon oncle devait revenir après quinze jours de tractations pour acheter des boutons en gros et il avait câblé au matin qu'il ne rentrerait pas avant le 2 août ; un mensonge de plus !

Ce soir-là, j'étais seul avec ma tante. Marta avait dû rentrer d'urgence, son fils était malade ; Jack, le valet de chambre, était parti pour la guerre depuis une semaine. Depuis le 21 juillet et la bataille de Manassas, le Sud avait pris l'ascendant sur nous, mais la victoire des rebelles avait galvanisé les jeunes nordistes. Jack faisait partie de ces utopistes antiesclavagistes.

Les mauvaises nouvelles, l'absence d'oncle James, la moiteur de cette fin de journée, tout respirait la tristesse ; dans trois jours, il me fallait rentrer. Nous étions à table, il était presque 20 heures et nous mangions – pour une fois – dans un silence de recueillement, le repas préparé par Marta avant son départ. Je n'avais d'yeux que pour Rosa. Tout à coup, elle a posé sa main sur la mienne, sa poitrine a tressauté, elle a prononcé mon prénom d'une voix plaintive et elle a éclaté en sanglots. Je me suis levé en même temps qu'elle, je l'ai prise dans mes bras. Elle m'a serré très fort tout contre elle, sa robe était très fine et je pouvais sentir ses tétons dressés contre ma poitrine. Sa peau moite de chaleur et à son parfum léger m'enivraient. Ses doigts ont caressé mes cheveux, son visage dissimulé dans le creux de mon cou s'est relevé, j'ai baissé ma tête, nos lèvres se sont rencontrées. J'étais en transe, fou de bonheur, sa bouche s'est entrouverte et nous avons échangé un baiser fougueux, tendre, infini, presque douloureux. Son haleine était sucrée, c'était incroyablement doux. J'ai cru un instant que mes jambes allaient se dérober, que j'allais m'évanouir. Une fraction de seconde, j'ai eu peur qu'elle me repousse, qu'elle se reprenne et qu'elle me gifle, mais au contraire, elle m'a serré encore plus fort. Elle a déboutonné son chemisier et ma chemise en me griffant très légèrement ; nous nous sommes retrouvés – je ne sais comment – nus, sur le grand lit dénudé. J'ai caressé et embrassé jusqu'aux moindres parties de son corps, ce corps ambré, parfait. Je n'avais strictement aucune expérience, je n'avais embrassé, et encore moins fait l'amour avec une femme, mais tout me paraissait naturel et facile. Aussi, lorsque je l'ai délicatement pénétrée, j'ai su écouter son corps et j'ai senti le plaisir tressaillir au creux de ses reins ; nous avons joui ensemble, au bord de la syncope. Nous nous sommes aimés toute la nuit, à en être complètement endoloris. J'ai « bu » son regard, je me suis délecté de ses lèvres, je me suis enivré de tous ses parfums. Durant ces moments fabuleux, elle m'a avoué qu'elle n'avait plus eu de rapport sexuel depuis deux ans, qu'elle était restée fidèle à son époux et qu'elle n'avait plus désiré personne depuis. « À part toi… » m'avait-elle soufflé dans un soupir. À trois reprises, elle m'a susurré : « Je t'aime… ». Mais, à chaque fois elle m'a dit aussi que nous étions inconscients et que tout cela n'était que folie. Elle s'est endormie dans mes bras. À la levée du jour et malgré l'épuisement je l'ai regardé dormir plusieurs heures. Ses cheveux onyx étaient collés en boucles sur ses joues. Elle était incroyablement belle ; sa nudité m'émouvait aux larmes, mais mon cœur et ma tête bouillaient. Je venais de vivre un rêve, mais demain ? Maintenant qu'il y avait eu cette inoubliable nuit qu'allait-il advenir de nous ?

Je me suis réveillé vers 11 heures, seul, au milieu de ce grand lit. Rosa n'était plus là. J'ai fait le tour de la maison sans succès. Je me suis lavé, je me suis fait un café fort et j'ai attendu son retour dans un état de doute et de fébrilité profond. Je m'attendais à tout, mais pas à ce qui allait se passer.

Ma tante est entrée brusquement dans le salon, elle était toute de noir vêtue et son visage était fermé, dur. Je n'ai pas eu le temps d'ouvrir la bouche, elle a pris les devants :

« Le mieux est que tu partes tout de suite ! » m'a-t-elle dit d'un ton maîtrisé.

Sa voix était froide, je n'ai pas pu lui demander pourquoi.

J'ai fait ma valise. J'avais un étau dans la poitrine. Je n'osais même pas la regarder, mais il m'était impossible de partir comme cela.

Je me suis retourné dans l'entrée, j'ai essayé de retenir mes larmes et j'ai ravalé ma souffrance.

« Rosa, je t'ai…

— Ne dis rien ! Cette folie tu dois l'oublier et ne reviens pas l'année prochaine. Rien n'est arrivé et rien n'arrivera plus jamais ! »

Ses mots m'ont crucifié, anéanti, rien n'est arrivé ?! Comment peut-on dire cela puisque pour moi tout est arrivé ! Tout a commencé !

Je n'ai même pas pu lui dire au revoir, elle s'est enfuie. J'étais complètement bouleversé, tant de questions : m'aimait-elle ? Avait-elle juste succombé par désespoir ? Et ces mots : « Je t'aime », les pensait-elle sincèrement, les éprouvait-elle ? Que croire ?

Pourquoi ne plus se revoir à jamais ? La punition était à la hauteur de la faute…

Le reste de l'année n'a pas eu la moindre saveur, je n'ai pas reçu la moindre nouvelle de ma tante. Avant l'été 1861, elle m'écrivait de longues lettres auxquelles je m'empressais de répondre. Je me souviens du léger parfum de son papier à lettres et de la belle courbure de son écriture ; j'ai conservé ce trésor dans un endroit secret. Maintenant, le vide de ma vie n'a plus de limites. Je ne peux pas dire que mon existence ici à Springfield, dans la demeure familiale, soit un calvaire, mais – en vérité – c'est comme si je n'existais pas. Mon père ne s'occupe que de ses affaires, ma sœur le seconde. Ma mère virevolte de boutique en boutique et de lunch en lunch ; même les domestiques sont stéréotypés. Ce que je fais ? Cela n'intéresse personne ! Ce que je vis ? Tout le monde s'en moque ! Personne ne s'est rendu compte de rien pour Rosa. Je suis comme un bibelot poussiéreux que l'on expose de temps en temps, mais qu'il faut malheureusement astiquer pour lui donner de l'éclat. Mes camarades d'étude sont frivoles et inconsistants, leurs discussions sont ennuyeuses et leurs plaisirs ne sont pas les miens. Que comprendraient-ils à la grandeur d'un lever de soleil ou à la majesté d'un vol de cygne ? J'ai toujours été seul et incompris. Tous ceux qui m'entourent n'ont jamais pris la peine de m'écouter ; alors, pour ce qui est de m'aimer, n'en parlons pas !

Depuis la création des États confédérés, la guerre, contrairement à ce qu'en disent les journaux, semble loin d'être terminée. Shiloh, en avril, fut un massacre quasi inutile puisque le bilan reste neutre avec, toutefois, un léger avantage pour les fédéraux. En juin 1862, la bataille des Sept Jours fut remportée par le Sud. La victoire éclair annoncée par les journalistes new-yorkais n'est qu'une honteuse propagande destinée à encourager les jeunes à s'enrôler. Le conflit perdure et je commence à entrevoir une issue possible à mon calvaire quotidien.

Springfield, le 25 août 1862.

Je suis né un 11 juin, mais pour recevoir tout le « gratin » mes parents ont décidé de fêter mon anniversaire aujourd'hui, le 25 août.

« Tante Rosa n'est pas là ?! » hurlé-je afin que tout le monde entende.

Mes grands-parents me fusillent du regard, surtout Henry. J'aime les irriter et surtout j'aime Rosa ! À chaque invitation, je leur fais le coup, j'ai un peu l'impression, de cette façon, de la défendre contre vents et marées et je veux affirmer son existence niée de tous, y compris de mon oncle qui a choisi son camp. Il ne devine même pas la chance qu'il a !

Ce sont mes vingt ans et je devrais jubiler, mais il n'en est rien, car il manque aussi Mamie May, la mère de ma mère. C'est un être divin, une pétillante Irlandaise toujours rousse malgré ses soixante-deux printemps, c'est une femme forte de caractère, drôle et humaine, qualités qui font cruellement défaut au reste de la famille. Elle est restée là-bas, au pays, pour lutter contre les « voisins envahissants ». « Je ne laisserai jamais les *Britishs* prendre ma terre, si je m'en vais, ils emporteront tout ! » avait-elle répondu à mon grand-père avant d'ajouter : « Les Amériques se passeront de moi ! »

Mon aïeul était donc parti seul pour réussir.

Une fois installé et prospère, il avait encore demandé à sa femme de le rejoindre, mais sans succès ; la vie en Irlande étant très dure, May avait accepté de faire partir Suzanne. Le père et la fille tenaient une brasserie, ici, à Springfield, une brasserie irlandaise bien sûr !

Lorsque mon père, Archibald, a rencontré Suzanne, il a été tout de suite question d'argent, de biens, de dot, mes grands-parents paternels possédaient déjà la fameuse fabrique de chaussures. Tout ce petit monde a échafaudé un mariage de raison. Six mois plus tard, le père de Suzanne a été emporté par une embolie pulmonaire. Son corps a été rapatrié à Londonderry, « au pays ».

La brasserie a été vendue. Ma grand-mère a touché sa part ; le reste, ma mère l'a injecté dans l'entreprise de son beau-père, sans omettre, bien entendu, d'exiger une bonne partie des parts de la fabrique.

Après ma naissance et jusqu'à mes dix ans environ, nous passions un mois, chaque année, chez Mamie May que j'appelais Mamie sourire ! Elle n'aimait ni le luxe ni l'argent que l'on engrange pour rien. Elle dépensait sans compter, à tout va. Elle organisait des fêtes gargantuesques. On riait beaucoup, on dansait jusqu'à l'aube sur des airs d'accordéon et de violon. Parfois, on écoutait, bouche bée, les contes des anciens, ceux qui racontaient de terribles histoires de batailles contre nos voisins, mais nos ennemis, les Anglais ! Je me souviens des rires, des parfums, des cris de joie, des parties de cartes interminables, de cette bière noire et épaisse qu'un vieux berger m'avait fait goûter, de toutes ces nuances de roux, de bruns et de blonds ; tous ces mélanges de tons et de bruits me ravissaient. C'était la vie qui chantait, c'était l'époque heureuse et insouciante de ma petite enfance. Hélas, un jour May eut fini de dilapider l'héritage de feu son mari. Depuis ce jour, plus de vacances en Irlande, ni même de visites chez Mamie sourire ; les « petites gens » n'intéressent pas mes parents…

Contrairement à tante Rosa, May m'a écrit pour mes vingt ans. Mais j'aurais vraiment aimé qu'elles soient là aujourd'hui. Les deux êtres qui me sont les plus chers manquent à l'appel !

Ma mère surveille les allées et venues, le service des domestiques, sa tenue. Ces jours-là, elle ne mange jamais, la peur d'une fausse note lui noue l'estomac. Mon père fume un de ses gros cigares, très chers, car importés de Cuba, comme il aime le répéter aux messieurs de Springfield. Il trône en se hissant du mieux possible pour paraître plus grand, le plus grand !

Ma sœur, quant à elle, sourit – chose rare – à ces beaux messieurs de la haute. Nous en sommes au café avant l'incontournable partie de bridge, lorsque je me décide. J'essaye, en vain, d'attendre le silence ; je me lève et je prends la parole :

« Je vais m'engager dans le conflit ! »

Toutes les conversations prennent fin et tous les regards se posent sur moi. Leurs visages hébétés m'indiquent que je viens, à leurs yeux, de dire une ânerie.

« Que dis-tu ?! réplique mon oncle.

— Je vais faire partie d'un prochain contingent, je pars pour la Virginie !

— Que feras-tu là-bas ? dit bêtement mon père. »

Toute réponse était inutile.

Ma mère ouvre une bouche béante et faussement déformée par la douleur. Ma sœur continue de grignoter ses petits sablés en riant par saccades ; elle ne se donne même pas la peine d'écouter. Seul mon grand-père poursuit : « Pourquoi ? Pour ces Nègres ? »

En vérité, je ne sais pas la vraie raison qui me pousse. J'espère seulement une réaction violente, un cri d'amour. J'espère qu'au moins une voix s'élève et qu'on m'empêche de partir pour la guerre, pour la mort. J'espère que leurs sentiments à mon égard se réveilleront et qu'ils m'interdiront de faire cette folie, ce suicide. Mais non ! Rien ne vient mis à part cette réflexion bête et méchante de mon aïeul. Je réplique d'un ton sans équivoque : « Oui ! Pour les Nègres ! »

Ils restent tous sans voix, écœurés. Je crois qu'à cet instant précis je cesse de faire partie de leur monde, de leur Famille. Ce qui me raye de leur si importante liste ce n'est pas la conséquence : mon départ, mais plutôt la cause de cette conséquence : la défense des opprimés, des Nègres !

Chapitre 2

Gare de Springfield, le 1er septembre 1862.

7 h 30.

Comme plusieurs dizaines d'autres hommes, en ce matin du lundi 1er septembre, je suis sur le quai de la gare avec ma petite valise en cuir marron. Le ciel est clair, pas une once de vent. Je suis venu seul, volontairement seul. Je veux éviter les fausses larmes de ma mère et les recommandations inutiles de mon père.

« Bonjour ! »

Un jeune rouquin échevelé me tend une grosse paluche moite.

« Salut ! lui répondis-je

— Toi aussi tu pars pour le sud ?

— Oui ! En Virginie.

— Moi aussi, j'ai hâte de leur fermer leur claquemerde à ces maudits rebelles[1] ! »

L'expression me fait sourire. Il enchaîne :

« Et toi tu es pressé de te battre ?

— Oui ! Mais attendons quand même d'être formés à cet art délicat qu'est la guerre ! »

Au fond de moi, je sais très bien que la guerre est une abomination et je n'ai certes pas hâte de combattre, mais la mort ne m'effraye pas. Je n'ai, au fond de mon cœur, aucune bonne raison de continuer à vivre. Mes parents m'ignorent magistralement, je n'ai aucun ami digne de ce

---

[1] Autre appellation pour sudistes.

nom, je me sens tellement différent de ceux de ma génération, ma solitude devient trop lourde. Et, de plus, la seule femme que j'aime n'est autre que ma tante ; elle a presque le double de mon âge et cet ange de douceur et de beauté m'interdit de la revoir, à jamais. Je n'ai plus d'elle que cette mèche de cheveux dans le petit étui en cuir autour de mon cou. Mon unique trésor.

Je me sens comme pris dans un piège sans issue. Seule la mort me paraît incarner une solution, piètre solution, mais unique solution.

Le train militaire, chargé de tuniques bleues, entre dans un brouhaha de grincements mécaniques et de fumée épaisse. Des hommes sont suspendus par grappes aux wagons blindés, ils sont armés jusqu'aux dents.

Je m'avance, flanqué de mon pote de galère vers un sergent massif et bourru. Il vomit des noms inscrits sur une liste qu'il tient de sa main gauche, une liste qui me paraît interminable :

« Charles Bent ! Mathias Ince ! Pit Mouse ! Pit Button ! Charles McAndrew !... Eh ! Les petits gars de l'Illinois, magnez-vous un peu le cul, la guerre n'attend pas ! Venez verser votre obole de sang ! ricane-t-il ».

Nous nous entassons – pêle-mêle – dans des compartiments nauséabonds et tristement dépouillés. « Stevie les mains moites », le grand roux, parle sans cesse. J'écoute d'une oreille distraite, mais mon attention est plutôt fixée sur le décor. Nous traversons, à vitesse réduite, l'Illinois jusqu'au sud-est et nous allons parcourir une partie de la Virginie Occidentale afin de regagner notre camp de base. Pendant ce périple, je saisis au vol quelques scènes étranges ou superbes, comme ce paysan, dans son champ, qui court après les oiseaux qui lui volent son grain ; et cette femme, toute vêtue de noir, qui s'est badigeonné le visage de cendre et qui agite un foulard du bout de son gant tout aussi noir : on dirait la mort qui nous fait signe, probablement une veuve de guerre. Juste avant la frontière des deux États, j'admire un mariage, si frais et si pur, quel contraste avec tout le sang et toutes les larmes engendrés par les combats !

Mes futurs camarades de guerre, vautrés à même le sol, sont presque tous ivres, aussi quelques chansons commencent à se faire entendre. Mis à part Stevie, Paul Keny et Mathias Enden, l'un du Michigan et l'autre de l'Indiana, nous ont rejoints, ils nous proposent une partie de cartes que j'accepte pour ne pas me démarquer. Nous n'avons rien à miser : l'argent et la pacotille n'ont aucune utilité au combat. Aussi nous jouons pour tromper l'ennui et l'angoisse qui grandit.

Tout à coup, et très brutalement, le train s'arrête, John O'Niel tombe de la banquette de bois où il dormait dans un fracas terrible, déclenchant ainsi l'hilarité générale. Le silence revenu, nous voyons des hommes courir de wagon en wagon pour nous avertir :

« Attention les gars ! Nous pénétrons dans une partie infestée de sudistes, faites gaffe ! La voie est protégée par le 164e du génie, mais il y a quelques zones quasi incontrôlables et les tireurs d'élite gris[1] sont capables de traverser une pièce de cinquante cents à plus de cent mètres, alors, planquez-vous du mieux possible ; si Dieu le veut nous serons au camp dans six heures environ. »

Nous progressons dans un silence pesant, presque palpable. Nous guettons tous les bruits insolites, les cris des oiseaux nous font sursauter ; nous nous attendons – à chaque instant – au bruit sec d'un fusil qui claque et nous nous demandons qui va tomber.

C'est le jeune Benjamin qui « partit » le premier, une balle en plein milieu du front ; il n'a rien vu venir, il dormait paisiblement, appuyé à la rambarde de sa banquette,

---

[1] Autre appellation pour sudistes.

il n'aura pas eu le temps d'avoir l'honneur de se battre. Nous ne pouvons pas stopper le convoi pour l'ensevelir. Avec l'aide du sergent Holden, je le place dans le coin le plus frais du wagon et nous calons un sac sur son corps pour le protéger des mouches.

Il y a bien eu d'autres tirs isolés et quelques blessés légers, mais dans notre compartiment seul Benjamin y est resté.

Nous arrivons dans la nuit du 2 septembre, vers 2 heures du matin à notre campement.

Les blessés sont évacués très rapidement vers l'aile médicale et avec Stevie et le caporal Knamm nous enterrons le pauvre Benji.

Il règne une pagaille terrible à notre descente du train, les soldats qui sont là depuis quelques jours, voire quelques semaines, nous regardent comme des bêtes curieuses. Certains arborent un sourire moqueur, d'autres nous raillent, mais au fond tous affichent une mine triste, presque effrayée. Ce qui m'étonne le plus c'est leur état de saleté : ils sont presque tous noirs, boueux, pas rasés, émaciés, bref tout le contraire de ce que laisse croire la propagande. La pénombre ajoutée à tout cela rend l'instant encore plus morne. La peur associée à la fatigue du voyage nous a tous épuisés.

Nous trouvons un petit coin de tente ; je m'endors tout habillé, assis contre un poteau.

2 septembre 1862.

Vers 7 heures, le clairon sone. Après un débarbouillage sommaire, nous avalons un semblant de café avant de nous placer en rangs d'oignons pour la distribution du paquetage. Le sergent fourrier James McNil, un alcoolique notoire, crache des noms de morceaux d'uniforme :

« Brodequins ! manteau à rotonde ! pantalon bleu ciel ! chemise et gilet ! vareuse ! veste lainée ! tunique ! hardee hat !¹ forage cap² !... Venez tous vous servir ! Il y en a pour tout le monde ! Lorsque vous aurez vos frusques, vous irez au fond du camp, sur l'aile droite, pour l'inspection médicale ! »

L'hôpital-steward crut bon d'ajouter :

« Si vous êtes paumés, suivez l'odeur du sang ! »

« Encore un qui veut nous fiche la trouille ! grommelle le grincheux Mathias. »

« Ouais ! C'est pas très malin, la frousse on l'a déjà ! s'écrie un bleu. »

Je trouve mon « bonheur » parmi tout ce méli-mélo mis à part le hardee hat, mais ça n'a pas d'importance, ici, presque tout le monde porte le képi (le forage ou fatigue cap).

Je ne sais pas si c'est volontaire, mais l'assistant-chirurgien n'a pas exagéré. À cent mètres au moins du barnum médical règne une écœurante odeur de sang mélangée à celle de l'éther ; partout déambulent des éclopés, certains n'ont plus qu'un bras ou qu'une jambe, d'autres ont un énorme pansement autour de la tête. Il y a aussi quelques borgnes et des corps sans vie, allongés à même le sol, attendant leur dernière « bière ».

Un médecin ou, devrais-je dire au vu de son état, un boucher, sort d'une tente adjacente, son air me touche profondément. Il y a dans son regard comme une vive mélancolie et une extrême lassitude ; ses yeux sont soulignés de poches noirâtres, sa dernière heure de sommeil doit dater. Il nous montre d'un doigt squelettique l'endroit où nous devons nous aligner.

« À poil ! » s'écrit un homme en tablier blanc.

---

¹ Chapeau à un bord rabattu.
² Casquette typique, l'avant de ce couvre-chef est rabattu vers la visière.

33

« Et inutile de garder vos vieilles frusques, là où vous allez, elles ne vous serviront à rien ! »

Les questions pleuvent :

« Pas de maladie ? Pas de chtouille ? Mal au ventre ? Tu tousses ? ... »

Nous avons vraiment l'air comique, presque absurde avec nos airs de cochons, nus et roses, prêts pour l'abattage.

Deux ou trois palpations et hop ! Bon pour le massacre !

Nous ressortons tous avec quelques médicaments en poudre.

« Avec ça, tu peux manger de la merde, et boire de l'eau croupie », ricane Stevie.

« Allez, rhabillez-vous et direction l'armurerie ! » nous dit calmement l'aide chirurgien major.

« C'est en face et à gauche ! »

La perception des armes est de loin la plus attendue.

Devant la tente de l'armement, se tient un homme que je ne connais pas encore, un homme au visage dur et à la barbe drue, il est très corpulent tout en étant élancé, une montagne de muscles ; il porte sa forage cap enfoncée jusqu'aux yeux ; c'en est presque comique, mais l'homme en impose :

« J'ai trois "guillemets" sur l'épaule, un, deux et trois, je suis donc sergent ! Le sergent Bill Reinart ! Ouvrez vos oreilles et écoutez bien ce qui va suivre, votre vie en dépend ! Votre fusil, c'est comme votre b... ! Vous ne le quitterez jamais ! De jour comme de nuit ! Il est votre passeport pour la vie, même pendant la petite ou la grosse commission ! Il doit rester à portée de doigt ! En plus de ce beau joujou vous avez gagné : une giberne[1], des car-

---

[1] Sorte de boîte contenant le nécessaire pour tirer (poudre, balles, mèches...)

touches, de la poudre, une gourde, un sac et… et surtout, la princesse, que dis-je la princesse, la reine des armes : une baïonnette ! Vous verrez qu'elle est indispensable, elle sert à tout, mais avant tout, elle sert à crever de la paillasse de renégat, alors prenez-en soin, astiquez-la comme vous vous astiquez ! »

Les rires fusent de toutes parts.

« Ne riez pas ! Un beau matin, elle vous sauvera probablement la vie. Sans ce bout de ferraille, autant mourir de suite. »

Il est midi trente et nous sommes encore alignés, mais cette fois c'est pour nous remplir l'estomac. Le repas est frugal, mais bon. La pause terminée nous avons droit à l'inévitable cours de grade et de salut. Je sais désormais que je fais partie de la 3ᵉ compagnie du 1ᵉʳ régiment d'infanterie de l'Illinois, que nous sommes soixante-dix fantassins, qu'il y a avec nous un conducteur d'équipage – je ne sais même pas à quoi il sert ! – un porte-étendard, deux musiciens, des tambours je crois, et que nous sommes encadrés par huit caporaux, quatre sergents, un sergent major, un second lieutenant, un premier lieutenant et un capitaine ; le mien se nomme Elias Timbolt ! Un vétéran des premières batailles.

Je sais aussi qu'il y a cinq compagnies par bataillon et deux bataillons par régiment. Le général qui nous commande est à la tête d'une brigade de quatre régiments. C'est le fameux général Walter C. Whitaker, lui-même sous les ordres du non moins célèbre major - général du 9ᵉ corps d'armée nommé Ambrose Burnside.

Comme nous sommes de nouvelles recrues, du moins les fantassins de la 3ᵉ, nous avons le droit à un peu de répit avant de regagner nos quartiers. Un lit sommaire dans une tente qui l'est tout autant.

3 septembre 1862, 5 heures.

Le trompette nous fait littéralement tomber du lit. La journée s'annonce très chargée, nous allons apprendre à tuer, sans l'être… tués.

Chaque sergent, aidé de deux caporaux, est chargé d'éduquer dix-huit fantassins à l'« art » délicat de la tuerie. Je suis avec Stevie, sous les ordres du colossal sergent Bill Reinart. Nos uniformes sont propres, mais le mien est rapiécé à quatre endroits : la poitrine, le bras gauche, le col et la jambe droite.

« Ton prédécesseur a dû s'éparpiller », me chuchote Stevie.

« Silence dans les rangs ! crie Bill de sa voix caverneuse. Commençons par votre fusil. Il doit toujours être propre même si vous êtes dans la vase. Le canon doit rester impeccable et débouché sinon votre pétoire risque de vous sauter à la gueule. Je vois que ça en fait rire certains, attendez de voir une tête ouverte comme un melon trop mûr et l'on en reparlera. Regarder bien, voilà comment on charge le fusil ! »

Reinart nous détaille le moindre geste, il nous explique l'importance de la quantité de poudre, le tassage…

« Même dans le noir total, vous devez pouvoir reproduire tous ces gestes ! Et faites gaffe au recul ! Et voici maintenant votre maîtresse ! » hurle-t-il en nous présentant la baïonnette.

« On la fixe comme ceci sur le canon. Pour frapper, on tient fermement le haut de la crosse, on vise, si l'ennemi vous en laisse le temps, et l'on frappe au cœur ou à la gorge, et, si vous êtes vraiment fâchés, à l'abdomen. Je dis cela, car contrairement aux autres endroits précités une plaie ouverte au ventre vous laisse agoniser pendant plusieurs heures, et le tout avec, souvent, les tripes à l'air ! Alors, au corps à corps, pensez-y et protégez-vous le bide ! »

Les trois jours suivants, nous ne faisons que cela, percer des ballots de paille négligemment habillés d'une vieille chemise. Au début, notre maladresse est risible entre les chutes, les dérapages et les loupés, les anciens rient à pleine gorge, nous nous donnons involontairement en spectacle. Soixante-douze heures plus tard, nous sommes bien moins ridicules, mais il n'est pas encore évident de frapper à l'endroit voulu. Le tir est bien plus aisé, d'autant plus que les cibles sont grossièrement imposantes et vraiment difficiles à rater, quoi que !…

Je suis sous la même tente que Stevie, nous nous connaissons un peu mieux. Je sais tout de sa famille, de ses joies, de sa petite Kiny, une chienne Colley de cinq ans, de son envie de devenir palefrenier et de sa belle et douce Nancy. Je l'écoute bien plus qu'il ne me questionne, mais je l'aime bien, il est bourru, mais c'est l'honnêteté personnifiée.

Les jours passent et les nouvelles des combats nous indiquent qu'il va bientôt se passer quelque chose ; quoi, on n'en sait rien, mais, l'ennemi est proche. En tout cas, l'entraînement s'intensifie. Mon désir d'en finir est intact, mes frères de combat m'apportent bien plus que ma propre famille, mais je ne veux pas m'attacher à qui que ce soit, car je sais que bon nombre d'entre nous ne reviendront pas de cette gigantesque tuerie. Ils n'ont pas réussi à me redonner goût à la vie et la guerre qui se rapproche me soulage. J'entrevois une issue proche, très proche à mon calvaire moral. Rosa est plus que jamais en moi, mais elle continue à m'ignorer ; aucune lettre d'elle, seule sa mèche brune me remonte le moral, elle me procure de multiples frissons, surtout que ses cheveux sont imprégnés par son enivrant parfum. Je respire et caresse ce trésor avec passion.

Mes parents ? N'en parlons pas ! Seule Mamie May m'a envoyé une jolie lettre d'Irlande. Les nouvelles qu'elle me donne sont bonnes, mais ses mots sont quelque peu incohérents, je crois qu'elle commence à perdre le nord comme on dit.

Chapitre 3

Jeudi 18 septembre 1862.

19 heures.

Tout l'état-major s'est réuni. Notre régiment compte deux bataillons, eux-mêmes constitués de cinq compagnies, soit environ neuf cent vingt hommes et quatre-vingts officiers et sous-officiers.

Le colonel John G. Mitchell a convoqué sa dizaine de capitaines et sa vingtaine de lieutenants pour un briefing, sous la grande tente.

20 heures.

Notre capitaine, Elias Timbolt, fait sonner le rassemblement. Il nous réunit, nous, ses hommes de la 3e de l'Illinois :

« Demain est un grand jour ! Vous allez enfin faire votre entrée dans ce foutu merdier. L'ennemi est en face de nous, il a l'intention de franchir l'Antietam et nous devons l'en empêcher, et ceci quoiqu'il nous en coûte ! »

Une clameur approbatrice se fait entendre.

« Je vais m'entretenir avec vos gradés, ils vous expliqueront ce que la Nation attend de vous ! »

Ce capitaine, Elias, ou, devrais-je dire, Monsieur Timbolt, est un vrai meneur d'hommes, fringant, svelte, élancé, fier de son physique. Il est aussi, il faut bien l'avouer, un parfait orateur ; il ne lui reste plus qu'à être un excellent soldat, mais ça, nous n'allons pas tarder à le savoir…

21 heures.

Le sergent Reinart a réuni sa petite section d'une vingtaine d'hommes dont je fais partie. Il a déplié une carte de Sharpsburg…

« Nous serons demain à l'aube de ce côté de la rive de l'Antietam Creek. L'ennemi sera déployé tout autour de la ville et ces saletés de rebelles ont bien l'intention de franchir le bras d'eau. Il y a deux ponts, un ici et un là, notre corps d'armée doit protéger et tenir le pont de gauche. Pour nous, la 3e, la tâche sera simple : nous nous posterons sur la gauche de ce pont, à couvert ; nous bloquerons une éventuelle percée à gué de ces maudits "Johnnies"[1] et nous devrons soutenir un déploiement de nos forces. »

Certains grognent, ils veulent du vrai combat.

« Vous êtes des novices et l'état-major veut vous ménager ! Vous êtes tous des bleus, vous devez vivre encore ! Du moins le temps d'être imbattables ! » s'écrie Bill, un sourire au coin des lèvres.

« Si Dieu le veut, demain, nous ne tirerons même pas un coup de feu… »

Son visage se durcit et il ajoute :

« Je me méfie du général Longstreet, c'est une saleté de confédéré, mais c'est aussi un brillant stratège, alors, méfiance ! Surtout que là où nous serons, le bras d'eau sera très bas, il ne doit pas y avoir plus de cinquante centimètres de boue et de liquide ; s'il décidait de passer par là pour contourner notre aile gauche ?… L'état-major n'y croit pas, mais moi j'ai de furieux doutes ! Allez astiquer vos baïonnettes et essayez de dormir un peu ! Demain, il faudra être lucide. »

Vendredi 19 septembre 1862.

Le jour ne s'est pas encore levé et le clairon a déjà sonné le rassemblement. Je crois, à en voir la mine des autres,

---

[1] Autre appellation pour : sudistes.

que je suis le seul à avoir dormi. Je n'ai pas vraiment peur et j'ai même réussi à avaler deux cafés très brûlants sans sourciller.

Nous sommes tous alignés par bataillon. Sur notre képi trône l'insigne de l'infanterie, le cor, et le numéro de notre compagnie, pour nous c'est le numéro 3. Stevie est très pâle, d'autres hommes sont vraiment blancs ; le jeune Benjamin Clayton tremble tellement que, d'où je suis, je peux entendre ses dents s'entrechoquer.

Nous sommes tous présents à l'appel et sur un ordre du cap'tain nous fonçons, au pas de charge, à notre poste de guet.

Nous sommes en rangs d'oignons, protégés par une végétation touffue, le long du gué, à côté du pont de gauche. Nos armes sont chargées et nous faisons silence.

9 heures.

Sur notre droite, les combats ont commencé, on ne voit rien, mais on peut entendre les aboiements des fusils, les cris des blessés, les ordres des gradés. Au loin, on aperçoit une poussière dense s'élever, probablement des renforts sudistes. On peut même distinguer des tambours, des trompettes, un étendard.

Le bruit s'intensifie, mais tout se passe à notre droite. Quelques coups de feu fusent, mais ce sont les nôtres qui pensent avoir vu des ombres. La nervosité est palpable. Je commence à me demander si je vais voir une tunique grise aujourd'hui.

Puis, alors que tout semble calme, Bill arme le chien de son colt calibre 36 avec un maximum de précautions. Je ne sais pas comment, mais il flaire le danger ; je suis à côté de lui, il murmure :

« J'aime pas ça du tout, trop de silence… »

En un éclair, plusieurs dizaines de tuniques grises s'extirpent de la végétation, ils courent en hurlant, ils avancent droit sur nous.

Mon cœur ne fait qu'un bond, une salve part de nos rangs et quatre ou cinq rebelles tombent. Le sergent Reinart a vu juste. C'est l'instant de vérité : les premiers soldats confédérés commencent à franchir à gué ; ils ne sont plus qu'à une cinquantaine de mètres de nous. À cet instant précis, je vois Elias sortir de son abri, le sabre au clair. Il hurle de toutes ses forces :

« Baïonnette au canon ! Chargez !! »

Je ne dois pas réfléchir, je me dis juste : « Ça y est, tu vas mourir… »

Je fixe l'arme blanche sur mon canon et je dévale la pente en courant le plus vite possible. Je suis, des Bleus, le plus en avant. Je ne vois aucun de mes frères de combat. Mes yeux sont rivés sur l'ennemi qui se rapproche. J'entends tirer, crier. Un confédéré se tient la tête qui n'est plus qu'un flot de sang, l'impact de la balle le cloue net dans sa course. Il s'effondre comme un pantin, la face dans l'eau. Je suis presque au contact. Un officier rebelle lève son sabre, prêt à me frapper, lorsqu'une balle lui sectionne littéralement la mâchoire. Ses yeux trahissent sa surprise ; il tombe comme un château de cartes. J'avance toujours. Un homme me donne un coup, je ressens une légère blessure à la cuisse droite et je riposte : ma baïonnette entre dans sa gorge, comme à l'entraînement, mais lorsque je retire mon arme un flot de sang noirâtre m'asperge le cou. Un autre surgit sur mon flanc droit, il me taillade l'épaule. Il s'apprête à récidiver lorsque je vois sa bouche se déformer en un rictus de douleur, je comprends en voyant la pointe d'une baïonnette ressortir de sa poitrine. Je suis en état de transe, je n'entends presque plus rien, je vois les scènes comme si je n'étais que spectateur ; tout est flou. Je continue à avancer droit devant. Je me défends malgré moi, probablement à cause de l'instinct de survie. Je frappe où je peux, mais j'évite mécaniquement de blesser un ennemi au ventre. L'autre rive est proche. Je ne sens plus mon corps. Je suis blessé, peut-être même mortellement, mais je suis sûr d'avoir toujours mes jambes, car je coure irrémédiablement et surtout sans me retourner. Deux ou trois « Johnnies » me barrent la route. Je ressens une douleur vive sur le flanc gauche, je n'ai rien vu venir, je ne sais ni qui ni comment on m'a frappé. Le dernier je le transperce en plein cœur. La jeunesse de ses traits me choque, il tombe sur moi, la bouche grande ouverte, son sang rougit l'eau, il m'entraîne dans sa chute. C'est à ce moment-là que je reprends conscience, pratiquement à un mètre de la rive. Il n'y a plus un seul rebelle. Je me relève et je me retourne… Instantanément, des larmes m'obscurcissent la vue. Je suffoque sans pouvoir me maîtriser. Il ne reste que sept tuniques bleues encore debout. Il y a des corps partout, des morceaux d'hommes, des mains, des têtes, du sang, tout est rouge. Il y a dans l'air une écœurante odeur de poudre et de tripaille. C'est hallucinant d'horreur. Certains malchanceux gémissent les entrailles dehors, d'autres pleurent. J'entends même des : « maman… maman… ». Je pleure de plus en plus, planté là, comme un con. Je suis couvert de boue, de sang, le mien et celui des autres. Je reste inerte, hébété, vidé… je me ressaisis, je pense à mes sept compagnons de combat. Un coup d'œil rapide me confirme qu'il ne reste plus un seul gradé en vie, pas même un caporal. Je hèle mes camarades :

« À couvert ! Vite à couvert !! »

Nous nous blottissons au pied des bosquets. Le jeune Clayton a miraculeusement survécu. Son arme est intacte, mais il est en état de choc et nous devons le coucher de force pour le protéger. Il pleure, vomit en même temps et l'odeur pestilentielle qui règne autour de lui nous prouve que tous ses muscles se sont relâchés.

« Un homme est resté au milieu de l'eau ! » s'écrie un rescapé.

« Et merde ! D'ici, il a l'air touché, je vais le chercher, restez là ! » dis-je au petit groupe.

L'homme a un genou plié, il est couvert de boue. Arrivé à proximité, je reconnais Stevie. Je l'interpelle pour qu'il me rejoigne, son regard est vide, sa tête bascule en arrière : il a la gorge tranchée d'une oreille à l'autre, un flot de sang jaillit de son cou de bûcheron et son « chef » suis. Je ne pensais plus qu'il était du carnage et sa mort me revient en plein cœur. J'ai mal d'être en vie alors que lui, qui était si plein d'espoir, gît là, le corps en morceaux. Mais malgré ma peine, je ne peux m'empêcher de penser aux autres. Je cours vers eux aussi vite que possible, je les secoue de toutes les forces qui me restent pour m'assurer qu'ils sont vivants et conscients.

« Qu'est-ce qu'on fait maintenant ? » me crie un clairon entre deux âges.

« Vérifiez vos armes et étalez-vous un peu le long de ces bosquets. Avons-nous sauvé les couleurs ?

— Oui ! J'ai le drapeau, du moins ce qu'il en reste.

— Si l'on s'éloigne un peu les uns des autres, on fera une cible beaucoup moins facile ! »

Je prends un ton ferme pour les rassurer, mais en vérité je suis perdu comme eux dans ce foutu chaos et je ne trouve rien de mieux à leur dire. Le fond de ma pensée : c'est qu'une autre vague sudiste va déferler sur nous et que nous allons nous retrouver en pièces avant même d'avoir réalisé comment !

Quelques instants plus tard, un brouhaha se fait entendre, mais cela vient de derrière... J'aperçois un capitaine bleu suivi d'une horde nordiste en furie. Ils se rapprochent de nous à une vitesse prodigieuse. À leurs insignes, je reconnais le 51e régiment de l'Ohio du 9e corps d'armée du général Burnside. Arrivé à ma hauteur, un premier lieutenant s'arrête :

« Bravo ! Bravo les petits gars ! L'état-major a tout suivi depuis la butte là-haut ! C'est hallucinant pour des bleus, vous vous êtes battus comme des lions ! Retournez au campement ! Faites soigner tout cela, nous allons tenir la place ! »

Je suis sans voix, inerte, ils nous ont observés comme au tir à la foire ! De toute évidence, ils n'ont plus besoin de huit éclopés comme nous !

Nous nous regroupons comme une poignée de mômes abandonnés. Horace, qui a sauvé l'étendard, est tellement crispé qu'il faut pratiquement lui arracher le drapeau des mains pour le donner aux hommes qui partent à l'attaque ; quant à Clayton, nous ne sommes pas trop de deux pour le soutenir.

C'est là que le plus dur commence. Comme le danger est écarté, la tension retombe et il nous faut retraverser le bras d'eau !

Nous devons enjamber des « bouts » d'hommes et tout ce sang ! Les blessés pleurent, gémissent ; certains soufflent leur dernier mot, d'autres supplient qu'on les achève. Un rebelle à moitié défiguré me tend un bout de papier boueux, un dernier message pour sa bien-aimée qu'il a dû écrire au cas où ! Bien sûr, je le prends. Benjamin se remet à vomir et moi à pleurer. C'est vraiment douloureux. Je n'ai aucune haine et j'ai pitié pour eux, Bleus et Gris mélangés ; la souffrance et la mort n'ont pas de couleur. Lorsque je retrouve Stevie, je prends sur moi pour poser sa tête sur son corps. Je veux qu'il soit enterré entier et je croise deux baïonnettes sur sa poitrine, il était si croyant…

Le retour me paraît interminable. Le plus affreux dans tout ça c'est que cette charge n'a pas duré plus de cinq minutes. En cet infime laps de temps presque deux cents hommes gisent morts ou mourants dans cette fange. Que pèse la vie d'un être humain ? Cette pensée ne me quitte plus. Quasiment un mort par seconde !

Seules mes blessures qui me brûlent me permettent de ne plus penser…

Arrivé au camp retranché, alors que les sept autres se dirigent vers la tente médicale, je m'isole dans un coin, à l'abri de tous. Je veux me nettoyer le corps et l'âme, et surtout vérifier – le premier – la gravité de mes blessures.

J'ôte ma veste et ma chemise qui sont bien lacérées, mais je n'ai qu'une entaille, peu profonde, à l'épaule droite, probablement un coup de sabre mal appuyé ; j'ai aussi une perforation sur le côté gauche, la baïonnette ne m'a enlevé qu'un morceau de peau d'où la brûlure. Je nettoie tout cela à grandes eaux. Ensuite, je retire mon pantalon : ma hantise c'est la blessure incurable aux jambes, synonyme d'amputation.

Je me retrouve nu comme un ver et je pleure de joie en constatant que la douleur très vive au niveau de ma cuisse droite n'est due qu'à un coup de crosse. J'ai un bleu énorme sur le haut de la jambe, rien de plus. Après m'être changé, je vais voir le toubib pour la désinfection.

« Bonjour doc !

— Bonjour ! Tu ne m'appelles pas boucher comme les autres...

— Non, toubib ! répondis-je poliment.

— Montre-moi un peu ça !… Ouais ! Rien de grave ! Alors,

McAndrew, tu es notre héros du jour ! J'ai entendu parler de toi pour une promotion ! Tu fais la une ! »

Il me dit tout cela en me désinfectant minutieusement. Mon mutisme ne le surprend pas, puis, après le dernier coup de coton, il me regarde droit dans les yeux et il me dit ces quelques mots qui resteront gravés en moi à jamais :

« Dis-moi, jeune Charles, pourquoi tiens-tu tellement à mourir ? »

Mes parents n'ont jamais rien compris, mes frères d'armes me prennent pour un héros et lui, le « boucher » de quartier, lui, a compris. Il a su lire dans mes yeux. Avant que j'aie pu tourner les talons, il ajoute :

« Méfie-toi, la chance finira par tourner et tu trouveras peut-être ce que tu es venu chercher ! Moi, je crois que ce serait dommage, on a besoin de toi ! »

Mon cœur me serre, mes yeux me brûlent. C'est, de ma petite vie, les premiers mots humains que j'entends ; les mots d'amour masqués d'un père qui s'inquiète pour sa progéniture. Je suis bouleversé.

Le surlendemain matin, après la fin des combats, mes sept camarades et moi avons été décorés pour bravoure. Le major McCook m'a catapulté caporal, et nous avons tous été réaffectés. Je fais désormais partie de la 6e compagnie du 7e d'infanterie de l'Ohio, premier bataillon. Il s'agit d'une unité composée uniquement de rescapés des batailles antérieures. L'état-major ne veut surtout pas mélanger les nouvelles recrues avec ceux qui ont déjà goûté aux combats ; probablement par peur qu'on les démoralise.

Chapitre 4

Albany, Géorgie.

Le 20 septembre1862, 9 heures.

Cotonnerie « McDowell ».

« Tous les invités sont là ? demande James

— Oui ! Missié ! »

James McDowell a un empire, une exploitation à perte de vue sur laquelle s'échine une légion d'esclaves. Il a des vues politiques et sa femme lui apporte un soutien sans faille. C'est une élégante Française, fille de comte, née de Launcy ; une jolie blonde, fine et élancée, qui parle en articulant à outrance. Elle ne cesse de reprendre les esclaves qui écorchent l'anglais.

Leur fortune est immense et leur notoriété est bien assise. Malgré son jeune âge, trente ans, James est un homme de tête et un meneur d'hommes. Il sait haranguer une foule et diriger un débat.

« Charles ! Préparez du thé et apportez les gâteaux. Disposez tout cela dans le grand salon d'été. »

Ce salon, à la française, est meublé en style Louis XIII et de grandes tentures en velours bordeaux et dorées ornent les immenses fenêtres de la pièce. James et sa femme ont improvisé une estrade ; Jeanne, son épouse, est vêtue d'une splendide robe lilas et d'un chapeau à plumes dans le même ton. Elle rayonne sur cette hauteur théâtrale aux bras de son mari…

James prend la parole :

« Mesdames et messieurs, écoutez-moi, les envahisseurs sont à nos portes, allons-nous les laisser entrer ?

Allons-nous leur donner notre grain, notre coton, nos maisons ? Non ! Le Sud a besoin de ses enfants, l'heure n'est plus aux bavardages, il faut se battre ! On nous a demandé à nous, les gros fermiers et cotonniers, de rester à l'arrière et d'abreuver l'armée de nourriture et de vêtements, mais toutes les réserves s'épuisent et les yankees[1] sont là, tout près ! Chassons-les !!

— Il faut les massacrer ! s'écrie Nathaniel Garret, un jeune Texan originaire de Waco, l'un des contremaîtres de la cotonnerie.

— Il a raison ! surenchérit Lewis Wayne, le chef de cuisine. Je suis natif de Tampa en Floride et je n'ai pas l'intention de rester les bras croisés pendant que ces saletés du Nord avancent. Je n'ai pas envie de les voir planter leur drapeau en plein cœur du golfe du Mexique ! »

Tout n'est qu'effervescence et cacophonie lorsque madame élève le ton :

« Mes chers amis ! Cette lutte prétendument antiesclavagiste n'est qu'un leurre ! Regardez nos gens : ont-ils l'air malheureux ? Sont-ils mal nourris ? Ces tuniques bleues sont des voleurs et des assassins ! Rejoignez mon époux, croisez le fer avec ces barbares ! Délivrez-nous ! »

Son éloquence vaut son élégance, tous l'écoutent avec déférence.

Sous les : « Hourras !! » Les promesses d'enrôlement pleuvent !

« Nous partirons dans deux jours ! affirme McDowell. Mais pour l'instant, buvons et mangeons, place aux agapes ! »

Deux jours plus tard, James quitte son empire pour rejoindre une des compagnies du 1er régiment de cavalerie du très célèbre général James Stuart, dont le camp de base

---

[1] Autre appellation pour nordistes.

bivouaque en Caroline du Nord. Il est accompagné de nombreux hommes comme Nathaniel Garret et Lewis Wayne. Ils ont choisi la cavalerie par noblesse et par commodité. Depuis leur plus jeune âge, ils savent monter à cheval et le Sud est bien supérieur au Nord dans ce domaine. James est bombardé lieutenant, Nathaniel sergent étendard et Lewis caporal trompette à la 4e compagnie du 1er de Virginie. Leurs grades ne sont dus, évidemment, qu'à leur position sociale dans la vie civile et l'empressement de leur affectation n'est dû qu'au manque d'effectif d'hommes valides. Ils sont tous novices au combat, mais leur rage et leur envie d'en découdre sont plus qu'intactes.

Madame, quant à elle, a regagné Paris sous les injonctions incessantes de son mari, et ce malgré elle. Là-bas, toute la famille de Launey, le comte en tête (son père), l'a accueillie avec bonheur et enthousiasme, Napoléon III soutenant – discrètement – les armées du général Lee.

La cotonnerie survit grâce aux contremaîtres que la conscription a laissés en paix (un Blanc pour vingt Noirs) et, surtout, grâce aux esclaves ; toutes ces femmes et tous ces hommes qui ne pensent même pas à s'enfuir. Et pourtant…

Chapitre 5

Maryland.

Camp retranché, 7e régiment, 1er bataillon, 6e compagnie de l'Ohio.

10 octobre, 12 heures.

Les autres nous appellent « la 6e des morts-vivants ». Nous sommes tous des « rebuts » que Dieu a refusés, des rescapés de l'impossible.

Aujourd'hui est un jour peu ordinaire, nous venons de récupérer cinq recrues. Notre compagnie n'est même pas au minimum, nous ne sommes que soixante-seize hommes en tout et pour tout. Parmi ces nouveaux soldats, il y a trois fantassins tout frais tout moulus. Deux sont du Connecticut et un du Vermont. Le quatrième est un enfant d'Akron en Ohio. Il porte un gros tambour sur lequel il essaye de frapper en cadence. Il ne doit pas avoir plus de quinze ans, mais sa mine triste et ses traits marqués l'ont vieilli prématurément. Il s'applique et sa concentration extrême fait peine à voir ! Le dernier est un personnage haut en couleur, si j'ose dire.

C'est un caporal noir. Certains hommes le regardent de travers, car, malgré ce qu'on en dit, la guerre pour la libération des esclaves est un leurre et bon nombre de soldats auraient bien pendu cet intrus haut et court, mais… les galons sur son épaule en imposent : chacun sait que pour les gagner il avait dû se battre comme un tigre, un tigre féroce.

J'ai entendu parler d'un régiment de soldats noirs qui s'était constitué au Kansas en août 1862. On disait que ces hommes s'étaient battus en octobre dans le Missouri. Il y avait eu une dizaine de morts dans leurs rangs, il me semble. Peut-être que cet homme faisait partie de cette unité ? Une histoire plane sur le front à propos d'un de ces hommes de couleur : la rumeur parle d'un soldat toujours en tête de charge, un combattant protégé par une sorte de démon avec lequel il aurait pactisé et qui l'aurait épargné. Un certain Samuel Howells.

Je dois avouer que le caporal qui est à une vingtaine de mètres de moi est l'un des premiers Noirs que je vois, hormis la bonne d'un voisin de mes parents à Springfield. Ce voisin est un excentrique qui pense que c'est très snob d'avoir du personnel de couleur : son cuisinier est Chinois et ses femmes de chambre Indiennes ; ils forment à eux tous la curiosité locale.

Comme il est seul, je m'approche de lui :

« Salut !

— Salut !

— Tu permets que je mange ma soupe avec toi ? »

Il fait une moue amusée que j'interprète comme un oui.

« Charles McAndrew ! lui dis-je en lui tendant la main.

— Samuel Howells ! me répond-il en me broyant les phalanges.

— Que veux-tu savoir ? ricane-t-il. Es-tu un de ces yankees assoiffés d'histoires croustillantes ?

— Non, pas du tout ! Je veux juste te connaître, savoir pourquoi tu es là, avec nous, dans ce régiment d'éclopés.

— Ouais ! T'es pas curieux, mais t'aimerais bien savoir ?

— Oui ! Excuse-moi, je suis un peu maladroit, mais si j'en crois les rumeurs mon histoire ressemble un peu à la tienne.

— J'en doute !

— J'ai un peu de gnôle dans ma gourde, t'en veux ?

— Ouais, vas-y, envoie ! »

Après quelques goulées, sa langue se délie :

« Je viens de l'Alabama où je suis né esclave et fils d'esclave dans les années 1835-36.

— Tu ne connais pas la date de ta naissance ?

— Tu sais, là-bas personne ne sait lire et la naissance d'un moricaud n'est pas un fait marquant ! »

Je suis gêné, il l'a remarqué, il sourit puis il enchaîne :

« Dès que j'ai été en âge de marcher, j'ai travaillé dans les champs de coton. Je distribuais l'eau et le pain. Les années ont passé et j'ai rapidement pris la place d'un adulte pour le travail quotidien. La plantation m'a pris ma mère et mon père, j'étais encore jeune quand ils sont morts ! Je les ai enterrés seul et presque à mains nues ; nous n'avions pas le droit aux pelles, trop risqué ! Mais je n'avais pas à me plaindre, notre patronne nous autorisait à ensevelir nos morts sur ses terres contrairement à la grande majorité des autres planteurs.

— Une femme dirigeait la plantation ?

— Ouais mon gars ! Miss Marjory. Elle avait perdu ses parents deux ans avant que je perde les miens. Le vieux était teigneux, teigneux mais droit. Sa fille était son portrait craché, mais en plus elle adorait les enfants, quelle que soit leur couleur. »

Il marque un temps d'arrêt avant de poursuivre.

« En 1855, j'ai connu une femme, une sœur de chaîne. Je l'ai aimée dès que je l'ai aperçue, elle était radieuse et belle, si belle ! »

En me parlant d'elle, son visage rayonne, il a l'air heureux. Puis de grosses larmes se mettent à couler sur ses joues, il se met à trembler et ses doigts se crispent sur la gourde. Je le laisse respirer et je me lève pour partir…

« Attends ! … Assieds-toi ! J'ai besoin d'en parler et tu me parais différent des autres. »

Je me rassieds, je n'ose même pas le regarder. Il se reprend :

« Ella, elle s'appelait Ella. Elle m'a avoué avoir eu le même coup de cœur que moi. Nous nous sommes aimés. Miss Marjory nous a accordé quelques heures pour célébrer un semblant de noces ; quelle journée ! Nous avions le droit de dormir sur la même paillasse et de travailler ensemble. La nuit, elle ne nous faisait pas enchaîner. Tous les couples avaient ce passe-droit, mais ce n'était pas le cas ailleurs. Bien sûr, une quelconque tentative d'évasion était passible du fouet ou de mort. Très vite, Ella m'a donné une fille, Kyra, suivie d'une autre, Mathy !

— Mais qui s'occupait de vos enfants ?

— Durant le travail, les vieilles femmes devenues moitiés aveugles et moitiés sourdes, trop faibles pour cueillir. Elles avaient le droit de rester dans les cabanes. Elles éduquaient les enfants aux tâches journalières. Bien sûr, elles n'avaient pas la permission de les instruire, d'ailleurs comment auraient-elles fait ? Personne ne savait écrire et seule une dizaine d'hommes savaient un peu lire. Un esclave reste un esclave !! Nous étions heureux à notre façon, heureux tous les quatre, heureux jusqu'aux récoltes catastrophiques de 1860. »

En me parlant de ces événements, ses yeux deviennent rouges, il contient ses larmes :

« En septembre, on a entendu parler de soulèvements d'esclaves au Texas. Ils devaient travailler sans relâche et sans rien dans le ventre ; beaucoup mouraient. Dans la cotonnerie aussi c'était rude, mais pas à ce point-là. Et puis… Et puis ils sont venus. Ils étaient une cinquantaine…

— Des sudistes ?

— À moitié, plutôt des mercenaires. En fait, ils étaient plus proches des bandits, des sans loi, des brigands que des soldats ! Ils étaient, nous l'avons su après, envoyés par des fermiers, des voisins de Miss Marjory qui ne supportaient pas sa réussite – inadmissible pour une femme – ni

56

sa façon de traiter ses esclaves. Ils ont commencé par tout brûler, les cultures, les cases, même la propriété. Et... ils ont tiré, dans le tas, au hasard, hommes, femmes, enfants, tout y est passé ! »

Il tremble de plus en plus, tout son corps se convulse. Je suis bouche bée, incapable de faire autre chose que de l'écouter. Je sens que le pire reste à venir.

« Ella, Mathy et Kyra n'ont pas eu le temps de se cacher, j'ai couru à leur rencontre, j'étais presque arrivé à leur hauteur lorsque j'ai ressenti une très vive douleur à la tête, un coup de crosse ou de bâton ! Je suis tombé face contre terre et j'ai entendu, j'ai entendu les cris de la chair de ma chair ! Mais je n'avais pas la force de remuer le petit doigt... Ils ont violé et torturé ma femme, ils ont battu à mort et mutilé mes filles... J'ai entendu les rires de ces ordures avant de tomber dans les pommes... Malheureusement pour moi j'ai repris conscience ; j'aurais dû mourir ! J'ai découvert cette horreur ! Leurs corps n'en étaient plus, ils étaient à demi calcinés. Je me suis dépêché d'enterrer les restes de ma famille. La haine me transcendait, mes forces avaient décuplé. J'ai gravé des dessins sur des morceaux de bois que j'ai plantés en croix. J'ai évoqué à voix haute leur souvenir et j'ai prié pour les rejoindre, je ne voulais plus vivre sans elles, mais avant il me fallait verser le sang, le sang de mes ennemis, le sang de ces chiens ! »

Il s'arrête de nouveau, il a l'air perdu dans ses souvenirs :

« Qu'as-tu fait après ? lui dis-je pour le sortir de sa torpeur.

— Une poignée d'hommes avait échappé au massacre, surtout des Blancs, mais, je ne voulais pas me joindre à leur milice, ils nous auraient seulement laissés "renifler" les pistes de ces salopards ! J'ai réussi facilement à suivre la trace de ces déchets, ils étaient presque tous repus d'alcool et de tueries.

— Et Miss Marjory ?

— Ils l'ont laissée vivre. Ils étaient venus lui donner une bonne leçon, c'était chose faite.

— Tu as rattrapé ces brigands ?

— Pas tous, juste trois… Je les ai retrouvés un à un. Ils traînaient à l'arrière, ivres à souhait. Je les ai tués à mains nues, très lentement. Ils m'ont tous supplié ; ils pleuraient comme des mômes. Mais je n'ai pas fléchi. Après leur mort, j'ai arraché ce qui leur servait de cœur pour le donner à des chiens errants ! Je n'ai pas réussi à rattraper les autres, mais j'ai réussi à les suivre jusqu'au Tennessee. J'ai erré pendant de nombreux mois. Je mangeais ce que je pouvais, je me cachais, oh, non pas par crainte d'être pendu, mais, tout simplement parce que j'e n'en avais pas fini avec les rebelles. Mes trois mises à mort n'avaient guère soulagé mon cœur et je voulais plus de sang, plus de morts ! J'ai traversé le Missouri en 1861. Heureusement, les habitants de cet état sont très partagés.

— Pourquoi dis-tu « partagés » ?

— Certains se battent pour le Sud et d'autres pour le Nord ! Je me suis fait surprendre en fin d'année. J'étais tiraillé par la faim et je me suis approché un peu trop près d'une ferme. La femme qui habitait là, armée et aidée de cinq autres voisines, m'a découvert. Je n'ai jamais battu une femme, je n'ai montré aucune résistance lorsqu'elles m'ont capturé. Elles avaient très peur de moi et de ma peau. Elles m'ont laissé leur raconter mon histoire. Elles m'ont donné un peu à manger et m'ont juré de ne pas me dénoncer en échange de quelques travaux de peine.

— Elles ont tenu parole ?

— Oui, mais en été 1862, en juillet dernier, j'ai entendu parler d'un régiment de Noirs qui se constituait au

Kansas. J'ai pris un peu de nourriture et j'ai griffonné un petit mot de remerciement avant de partir.

— Tu sais écrire ?

— Elles m'ont appris l'essentiel. Au mois d'août, j'étais arrivé à bon port et je n'ai eu aucune difficulté à trouver cette nouvelle unité. Le 25 du même mois, nous étions fin prêts à nous battre. Au début de septembre, nous avons combattu un régiment de l'Arkansas au Missouri ; nous avons perdu une dizaine d'hommes, mais nous les avons sévèrement mouchés !

— Et ça ? lui dis-je en lui montrant les deux guillemets qu'il avait sur l'épaule.

— Ça, c'est pour avoir sauvé une demi-douzaine de soldats et surtout un capitaine blanc, évidemment. Ils étaient coincés dans une poche et harcelés de toutes parts. J'ai foncé sur les Gris comme une bête. J'en ai tué trois et les autres ont fui devant ma rage. En fait, on m'a décoré pour acte d'héroïsme et on m'a filé ces sardines[1] alors que je voulais seulement en finir ! Quelle ironie ne trouves-tu pas ? Une "contrebande" décorée pour avoir sauvé un Blanc !

— Une contrebande ?

— Ouais ! C'est comme ça qu'on nomme un esclave en fuite qui s'enrôle chez les yankees.

— Tu as réussi à te faire soldat, et maintenant ?

— J'avais deux buts, tuer un maximum de Johnnies et me faire tuer ; comme tu vois, je n'ai réussi qu'une des parties de mon plan ! me dit-il, l'air profondément déçu. Mais je ne perds pas complètement espoir, ils finiront bien par avoir ma peau ! »

Après ces derniers mots, il s'assombrit et se fige dans une pause méditative. Il s'en suit un profond silence qu'il ne rompt que douloureusement :

---

[1] En langage populaire signifie : grade.

« Maintenant, tu sais tout de moi ! Et toi, quelle est ton histoire ? »

Je n'ai pas très envie de m'étaler sur les raisons de ma présence ici, surtout après des aveux aussi lourds, je mens :

« Moi, je suis un combattant de la liberté !

— Mouais ! La tienne ? »

Nous éclatons d'un rire sonore. Je poursuis :

« Non ! En fait, la vie me pèse et l'indifférence des miens me pousse, un peu plus chaque jour, vers la fosse du cimetière. En clair, je n'ai pas envie de continuer ce chemin qui est le mien... »

Il me regarde d'un air complaisant et me tape sur l'épaule.

« Ne m'en dis pas plus, le reste je le lis dans tes yeux. Peut-être que demain nous aurons plus de chance ! Peut-être qu'une balle perdue... me dit-il un clin d'œil à l'appui. »

Il se lève et ajoute :

« Je te connais à peine et je t'ai tout dit, mais je ne le regrette pas ; mis à part la peau, nous avons tout en commun ! »

Il prend mon bidon de gnôle et la nuit le happe...

Chapitre 6

Kelferd, Caroline du Nord.

Le 10 octobre… 9 heures.

Camp retranché du 1er régiment de cavalerie de Virginie, sous le commandement du général Jeb Stuart.

« Commandant Sanders !

— Oui ! maître-sellier Tombs !

— Tout est prêt ! Les chevaux sont équipés, notre compagnie est parée !

— Merci ! Allez me chercher le lieutenant McDowell !

— À vos ordres, mon commandant. »

James McDowell accourt :

« Vous me demandez mon commandant ?

— Oui James, j'espère que les cavaliers sont fins prêts, et tous à jeun !

— Oui mon commandant, ils connaissent tous l'enjeu de notre mission ! »

Le général Stuart a avisé ses colonels, la veille au soir, que toute son unité devait quitter le campement ce matin armée et harnachée, prête au combat. La cavalerie doit traverser toute la Virginie, contourner l'armée du Potomac par le nord en évitant le Maryland et s'infiltrer en Pennsylvanie. C'est très dangereux, mais, quel coup au moral des yankees si l'opération est une réussite !

Jeb part en ce matin du 10 octobre avec ses mille deux cents cavaliers. Ils ont très fière allure avec leur pantalon bleu ciel, leur veste grise et leur képi jaune avec un liseré bleu marine. Les officiers remplaçant le « forage cap » par un chapeau gris avec parfois une plume sur le côté, comme aime le faire le célèbre général Pierre Gustave Beauregard, le « boucher » cajun de Louisiane.

Rien n'entrave leur chevauchée. Ils ne rencontrent aucun obstacle sur leur route, ils ne sont même pas repérés. Il faut dire que dans leurs rangs tous les éclaireurs sont Indiens : Comanches, Sioux et Apaches. Le plus célèbre d'entre eux est un ancien guerrier apache nommé Renard Agile ; il monte à cru et galope en silence. Tous ces hommes ont aisément localisé l'armée des Bleus[1]. Ils ont permis – chose impensable – au régiment gris de traverser toute la Virginie incognito et de faire en sorte que le raid confédéré sur la ville pennsylvanienne de Chambersburg soit une parfaite réussite. Ils ont, au passage, incendié quelques dépôts de ravitaillement et ils ont arraché quelques kilomètres de voie ferrée. Ils n'ont tué qu'une vingtaine d'hommes, mais les missions de la cavalerie sont surtout basées sur la destruction des réserves et des points névralgiques de l'ennemi. Elles servent aussi – quelquefois – à protéger l'infanterie et l'artillerie sur les flancs et à décimer les arrière-gardes. Lors de cette incursion en territoire nordiste, seuls deux cavaliers ont trouvé la mort, un sergent de la 3e et un soldat de la 7e. Ils ont été tués par des civils. Il y eu aussi quelques blessés ; parmi eux se trouve le jeune Lewis Wayne, le caporal-trompette et ami du lieutenant McDowell. Le lieutenant ose une suggestion :

« Mon colonel, nous devrions faire une pause. Nous sommes revenus en Virginie, en sécurité, et il nous faut soigner les hommes gravement touchés !

— Non lieutenant ! Les ordres sont formels, nous devons rejoindre l'armée du général Jackson !

---

[1] Autre appellation pour nordistes.

— Mais ils vont mourir !

— Bon ! Je vous laisse ici avec les blessés, votre compagnie, ainsi que la 1re, le chirurgien major et deux hôpital stewards[1] ! Dès que les cavaliers seront en état de combattre, rejoignez-nous en Caroline du Nord. Bonne chance McDowell !

— Merci mon colonel ! »

Le colonel rassemble ses hommes et tous suivent le grandissime général en chef James Stuart dit « Jeb »…

« Messieurs ! s'écrie James. Nous allons bivouaquer ici ! Montez les tentes et distribuez les tours de garde ! »

Il s'adresse à ses sous-officiers et même aux plus gradés, car le commandant Rufus Sanders est souffrant et incapable de se faire entendre de ses hommes. Tout est monté à la hâte, surtout le barnum médical. Il y a une quinzaine de blessés dont l'état est sérieux et trois hommes gravement touchés ; les autres, dont les blessures ne sont que superficielles, suivent le régiment du général Stuart.

Le cas de Lewis Wayne est très préoccupant. Il a reçu un coup de hache sous le bras gauche et la plaie s'est infectée.

« Bonjour major ! Je crois que Lewis est vraiment salement touché !

— Oui, lieutenant ! Il m'a prévenu un peu tard et sa blessure s'est infectée : toute la zone autour du coup est bleue et purulente. La fièvre le gagne et il commence à délirer. Vous devriez aller le voir, je crois qu'il vous demande.

— Merci major ! »

James entrouvre la tente où Lewis est allongé.

« C'est vous monsieur ? balbutie le jeune trompette.

— Oui Lewis, c'est moi ! »

---

[1] Équivaut à infirmier dans l'armée américaine.

Wayne est en sueur, ses yeux sont mi-clos, il tremble de tous ses membres.

« Je veux revoir Tampa et la Floride ! Je veux revoir la mer !

— Ne t'inquiète pas, tu vas t'en tirer.

— Non, lieutenant ! Je suis foutu, je le sais, mais je voudrais mourir chez moi ou chez vous, dans la plantation !

— Ne dis pas de bêtises, tu es trop jeune pour y rester, et tu sais, le toubib sait faire des miracles !

— Je ne sens plus mon corps, je ne vois presque plus. Mais monsieur, jurez-moi que vous ne laisserez pas ces sales yankees envahir ma belle Floride !

— C'est juré Lewis, ils n'iront jamais jusque-là ! »

Le jeune rebelle s'est enfin endormi, le lieutenant s'éloigne du chevet du malade.

« Mon lieutenant !

— Oui ?

— Comment est-il ?

— Il est au plus mal. Je ne sais même pas s'il passera la nuit ! Ah Nathaniel ! Qu'il est loin le temps des joies et des fêtes que nous faisions en Géorgie !

— Oh oui ! Lorsque le travail était fini et que nous avions fait rentrer les esclaves dans leur baraquement, nous nous installions à table. Votre table était bonne et le vin coulait à flots. Il n'était pas rare qu'une chanson se mette à fuser, reprise par des airs de violon, et tout le monde se mettait à danser. Je me souviens que quelquefois vous veniez avec votre femme, et la fête durait jusque tard dans la nuit.

— C'était le bon temps ! Je me demande comment cela se passe là-bas…

— Jusqu'à présent, nous n'avons effectué que quelques raids et quelques coups de main, mais j'ai hâte de livrer de vrais combats et de chasser cette vermine hors de nos terres !

— Il faut être patient, mais notre heure viendra.

— Mon lieutenant ! s'écria un private[1]. Le commandant vous demande !

— Merci soldat »

McDowell a de la peine pour son jeune chef des cuisines, enfin son caporal-trompette de la 4e, mais le temps presse. Il va d'un pas décidé retrouver son supérieur qui se remet plutôt bien de son extinction de voix et de son état de faiblesse.

« Mon commandant !

— Oui, McDowell ! Vous savez sûrement que la 1re compagnie, qui ne déplore aucune perte, n'est pas très heureuse de rester avec nous ! D'ailleurs, son commandant, Jack Tiburs, m'a prié d'accélérer le mouvement si nous ne voulons pas qu'il nous laisse ici. Ses hommes sont furieux d'avoir été désignés comme "nounous" et beaucoup menacent de quitter les rangs pour rejoindre Stuart en Caroline.

— Bien mon commandant. Mais je dois avant tout faire reconnaître le terrain par mes éclaireurs : nous sommes en Virginie, mais de nombreux yankees sillonnent la région, et nous n'avons que deux cents hommes à leur opposer.

— Comment vont les blessés ?

— Ils seront tous en mesure de se déplacer demain, mis à part le sergent Bent, dont la jambe est foutue, et le jeune caporal Lewis qui, malheureusement, ne passera probablement pas la nuit.

— Je suis désolé James, je sais que c'est un ami à vous, mais c'est la guerre !

---

[1] Équivaut à soldat de première classe dans l'armée américaine.

— Oui, je sais mon commandant. Mes hommes confectionnent un brancard pour Bent si, toutefois, il survit à l'amputation ! Le chirurgien s'occupe actuellement de lui.

— Envoyez vos éclaireurs indiens de suite, car demain nous levons le camp et le plus tôt sera le mieux.

— À vos ordres ! »

Lorsque McDowell sort du quartier général, il tombe nez à nez avec le maître-sellier.

« Bonsoir Tombs ! Allez me chercher les Indiens !

— À vos ordres mon lieutenant ! »

Renard Agile l'Apache, Bison rouge le Sioux et Allero le Comanche sont les meilleurs éclaireurs de la brigade. Ils servent le Sud depuis le début du conflit en 1861. Ils détestent l'armée fédérale, cette même armée qui a déjà attaqué leur village et qui voudrait bien les dépouiller de leur terre.

James ne parle aucun des dialectes indiens, mais il arrive sans peine à se faire comprendre par des gestes et quelques mots simples. Il envoie les trois hommes en reconnaissance le 13 octobre au soir. Leur mission est de trouver un chemin sûr pour le passage des deux compagnies. Au matin, seul Renard Agile revient, son expression est sévère et anxieuse.

« Qu'y a-t-il Renard agile ? ! » lance le commandant Sanders.

L'Apache fait rapidement comprendre à Rufus que la région est infestée de tuniques bleues, qu'il faudra faire un long détour pour rejoindre la cavalerie de Caroline. Il lui fait également comprendre qu'il n'a pas revu les autres éclaireurs et que le danger est partout !

Rufus convoque tous les officiers des deux compagnies :

« Messieurs ! Tout se complique, nous allons être obligés de contourner la Virginie le long de la frontière du Kentucky, remonter le haut du Tennessee et rejoindre la

Caroline par le nord-ouest. Le bout de Virginie où nous sommes est truffé de troupes fédérales, ils se déplacent vers l'ouest et de plus, nous n'avons aucun signe de vie de nos deux autres éclaireurs ; je pense qu'ils se sont fait surprendre. Inutile de vous dire que le chemin du retour sera long, difficile et périlleux. »

John est mort à trois heures du matin et le sergent Bent n'a pas survécu à l'amputation de sa jambe. Tous les survivants se sont réunis à l'aube sous les ordres de Rufus :

« Nous allons nous scinder en plusieurs groupes d'une quarantaine d'hommes afin de filtrer plus facilement les lignes bleues, au cas où nous tomberions dans une embuscade yankee les pertes seront moins lourdes. Nous allons former cinq escouades avec deux sergents et trois caporaux par groupes. Les officiers, je vous laisse vous organiser. Renard Agile chevauchera en tête, mais surtout faites silence et ouvrez l'œil. Si nous sommes obligés de nous éparpiller, rendez-vous au quartier général en Caroline du Nord. Préparez-vous, nous partons dans l'heure !... »

Chapitre 7

30 novembre 1862, Maryland. 6e compagnie, 7e régiment de l'Ohio.

8 heures.

Voilà bientôt trois mois que nous perçons du ballot de paille, que nous nous entraînons à démonter et à remonter notre pétoire, le jour, la nuit, les yeux fermés. Nous avons appris aussi des gestes très intéressants : comment essayer de stopper une hémorragie, comment faire un garrot, comment désinfecter une plaie, tous ces gestes si utiles sur un champ de bataille où le sang coule par hectolitres.

Nous ne savons que peu de chose sur ce qui se passe dans le reste du pays. Beaucoup d'hommes reçoivent des lettres de leur famille. Je suis très souvent avec Clayton, le jeune miraculé de l'Antietam, Samuel, mon jumeau de combat et John May, le jeune tambour. De nous tous, seul Clayton reçoit du courrier de sa mère et de sa sœur, elles sont du Wisconsin. Elles disent que la guerre va durer, que les victoires du Sud suivent les réussites du Nord, que tout ça, c'est politique et que les Nègres ne sont qu'un piètre prétexte. Lorsqu'il nous lit ses lettres, nous l'écoutons dans un silence religieux, nous buvons ses paroles :

« *Aujourd'hui, il fait froid, ta sœur Nathy s'est tricoté un chandail. Nous parcourons les journaux et nous tremblons à l'idée d'une mauvaise nouvelle ! Ton oncle Paul est malade, la fièvre l'a pris, parfois il délire, le médecin ne sait plus quoi faire. Ne t'inquiète pas pour nous, il y a toujours du travail à l'usine et nous mangeons à notre faim. Ici, tout est calme, presque trop. Que deviens-tu ?*

As-tu froid ? Es-tu blessé ? Nous n'avons reçu que deux lettres de toi, une fin août et une en septembre, depuis plus rien !... »

J'écoute d'une oreille distraite, mon cœur se serre en regardant le jeune John, notre petit tambour, l'éclat de son regard, embué de larmes, me bouleverse. Je l'interpelle en le tirant par la manche :

« Viens voir ! »

Il s'essuie discrètement les yeux et il m'emboîte le pas.

« D'où viens-tu ? lui demandé-je en lui tendant un morceau de chocolat que j'ai troqué à un cuistot de la 4ᵉ compagnie.

— Je suis d'Akron dans l'Ohio.

— Ah ! Je connais Akron !

— Oh ?

— Oui ! Je suis de Springfield dans l'Illinois mais, enfant, je suis allé trois ou quatre fois dans cette ville. Dis-moi, on dit ici que les tiens t'ont vendu ?!

— Oui, c'est vrai, j'ai été vendu à l'armée. »

Son petit visage se fane.

« Mais quel âge as-tu ?

— J'ai seize ans.

— La lettre de Clayton te chavire à ce point ? »

Il ne me répond pas. De grosses larmes le font à sa place. J'ajoute :

« Je peux t'aider ?

— Non, caporal !

— Laisse tomber le "caporal" ! Qui t'a vendu ?

— Mon père. Il m'a vendu pour mille cinq cents dollars. »

Je suis, à la fois, écœuré et intrigué. Je ne suis pas trop surpris à l'idée qu'un semblant de père puisse vendre la chair de sa chair, mais comment peut-on légalement faire cela ?

« Comment a-t-il fait ?

— Notre voisin, un homme assez riche, devait faire partir son fils de vingt ans que la conscription avait désigné par tirage au sort. La loi autorise les conscrits à se faire remplacer temporairement pour trois cents dollars ou à se faire remplacer définitivement moyennant finance. Mon géniteur a sauté sur l'occasion : il boit, gagne peu et nous sommes quatre enfants, mes deux sœurs Kate et Sue, de douze et sept ans, et mon petit frère Stan, âgé de six ans. La guerre aidant, c'est devenu très dur à la maison. Nous ne mangions plus à notre faim. J'avais peur que mes sœurs et mon frère finissent par en mourir. Mon père s'en moquait ! Il dilapidait l'argent sans se soucier de nous ! »

Il se tend, son expression devient dure et décidée.

« Alors j'ai fait un marché avec lui, j'ai accepté de partir sous réserve qu'il donne à mon oncle les trois quarts de la somme afin que Kate, Sue et Stan ne manquent pas de nourriture. James, mon oncle, est un homme bon, fort et craint, tout l'opposé de son frère.

— Et ta mère dans tout ça ?

— Elle a peur, elle lui aurait tout donné !

— Mais ton oncle ne pouvait pas "calmer" ton père ?

— Hélas non ! La famille est très religieuse, on ne touche pas à ce qui est ! Le divorce, n'en parlons pas ! Ils sont tous catholiques à l'extrême ! me dit-il d'un air dégoûté.

— Ce n'est pas très chrétien d'envoyer son enfant à la mort ! dis-je, ulcéré. »

Il me sourit et il ajoute :

« C'est pas très cher payé, si ça peut sauver mes frères et sœurs. »

Décidément, les désespérés sont bien plus nombreux que je ne le pense et ceci quel que soit l'âge et la couleur.

Le clairon résonne !

« Que chaque homme regagne sa compagnie ! » hurle le major du premier bataillon.

Nous voilà à nouveau réunis en rangs serrés, mais cette fois notre barda est prêt. Ce n'est pas une simple alerte.

30 novembre 1862.
14 heures.
Le commandant nous a tous réunis. Il crie de toutes ses forces :

« Notre brigade est appelée à Fredericksburg. Nous partons sur-le-champ ! Nous devons arriver sur place le 3 décembre au plus tard, avant si possible, alors pas de traînard ! Et méfiez-vous, nous traverserons le Maryland et le haut de la Virginie, les rebelles guettent ! »

Nous ne sommes – en fait – qu'à un peu plus d'une centaine de kilomètres de notre point de destination, en trois jours c'est très réalisable. Depuis le 7 novembre, notre général de corps d'armée, Burnside, a été nommé à la place du général McClellan à la tête de l'armée du Potomac. J'ai servi sous ses ordres à l'Antietam, mais ici, personne ne le connaît. On dit qu'il a eu quelques succès en Caroline du Nord, mais il n'a pas très bonne presse.

Deux corps d'armée sont déjà sur place, du côté nord de la rivière Rappahannock. Ils attendent du matériel et des hommes du génie pour traverser le cours d'eau et attaquer Fredericksburg…

2 Décembre 1862, (à quelques kilomètres de Fredericksburg).
Armée du Potomac, 7e régiment de l'Ohio, 6e compagnie.

Nous ne sommes plus qu'à une vingtaine de kilomètres de Falmouth lorsque notre capitaine nous ordonne de bivouaquer sur place. Il est midi et nous sommes très proches de notre point de chute. Le général Burnside a demandé à ses subordonnés un regroupement des troupes dans la petite ville de Falmouth au nord-ouest de Fredericksburg, sur la rive de la rivière Rappahannock opposée à la ville. Les opérations ont pris du retard et l'armée fédérale n'est toujours pas prête à attaquer les rebelles. Malheureusement, la lourdeur et l'incohérence des ordres venant d'en haut ont permis au général Lee de masser des troupes bien protégées en haut des collines de Mary's Heights, de l'autre côté de Fredericksburg. Nous sommes informés de tous les mouvements de troupes par des estafettes[1] qui galopent sans relâche d'un campement à un autre. La proximité des futurs combats et le mauvais pressentiment qui me gagne n'altèrent pas mon envie d'en finir et – consciemment – je pense que cette bataille à venir va être une bénédiction pour moi mais un vrai fiasco pour notre armée. Après un repas léger, nous repartons pour l'ultime étape. Tout ce passe dans le calme : pas de tir, aucune canonnade, on peut presque entendre les mouches voler.

Falmouth, 2 décembre, 17 heures.

À notre arrivée, il y a une foule de tuniques bleues, plus de cent mille hommes ! Des pontons attendent d'être installés par le corps du génie. Tout est presque prêt pour franchir la Rappahannock, mais en questionnant de-ci de-là nous apprenons que ces fameux pontons ont mis un temps fou à arriver : les généraux Halleck et Burnside se sont mal compris sur le lieu et le jour du débarquement du matériel nécessaire au génie. Tous ces fâcheux contretemps ont laissé l'opportunité aux généraux Longstreet et Jackson de concentrer leurs hommes dans les tranchées, sur les hauteurs, au sud de Fredericksburg.

11 décembre, avant le lever du soleil.

Les soldats du génie – avec leur drôle d'écusson en forme de château fort sur le képi – commencent à

---

[1] Soldat chargé de transmettre les dépêches.

s'affairer à la construction et à l'installation des pontons, grâce au soutien de l'artillerie. Tout se déroule comme prévu jusqu'à ce que le jour commence à poindre à l'horizon. Dans la ville de Fredericksburg, une brigade grise, composée de francs-tireurs et de tireurs d'élite, se met à ouvrir le feu sur les hommes du 5e génie. Ces derniers tombent comme des mouches. Heureusement, l'artillerie pilonne les édifices de la ville, ce qui permet à trois régiments de franchir la rivière et aux Bleus de chasser cette brigade, les pourchassant de maison en maison, les massacrant jusqu'au dernier.

Toute notre armée passe sur l'autre rive. Je fais partie du dernier convoi. Une fois dans les murs de la citadelle, du moins ce qu'il en reste, j'assiste, impuissant et ahuri, à un pillage aveugle : tout passe par les fenêtres, meubles, pianos, vaisselles, linges et quelques retardataires civils et militaires. Les pauvres êtres vivants qui sont encore là, sont complètement démembrés, lynchés, brûlés. Tout n'est que cendre et désolation. Je ne sais pas d'où viennent les autres fédéraux, mais je suis sûr qu'ils ont dû en baver pour pouvoir se lâcher avec autant de cruauté ; du moins, je l'espère. Pendant ce si mémorable laps de temps, j'ai pu, de visu, constater les dégâts occasionnés par notre artillerie. Les Johnnies ont dû bien souffrir : tous les bâtiments sont éventrés, les toits sont pulvérisés et les quelques hommes touchés ne sont plus que des pantins désarticulés, des puzzles humains. Il faut dire que les tireurs embusqués et les tireurs d'élite sont profondément détestés par les combattants, ils peuvent viser et tuer sans être vus, ils ne craignent que les canons et leurs homologues adverses. Lorsqu'un groupe de fantassins découvre l'un d'entre eux, il ne fait jamais de prisonnier. Je vois, aujourd'hui, ce qu'il advient de ces soldats, ils sont complètement fracassés, piétinés, déchiquetés ; il vaudrait mieux pour ces hommes, ne pas être pris vivants ; moi qui ai pourtant le cœur bien accroché, j'avoue qu'il m'est très difficile de ne pas vomir.

13 décembre, 7 heures.

Depuis un bon moment, les Pennsylvaniens de George Gordon Maede, sur notre gauche, essayent d'enfoncer le corps d'armée du général Jackson afin de contourner les défenses retranchées de Longstreet qui nous font face. Malheureusement, sans le soutien des hommes du général Franklin, qui est paralysé par l'inertie, les sudistes réussissent à colmater la brèche.

Depuis l'aube, des brigades entières attaquent le mur situé au pied des hauteurs. Derrière cet édifice de pierre long de huit cents mètres, des Géorgiens et des Caroliniens du Nord tirent sans relâche, bien protégés dans leur tranchée et bien secondés par l'artillerie.

Les ordres sont clairs :

« Attaquer ! »

Je suis avec ma compagnie et mes frères d'armes, Samuel et Clayton, sous les ordres du général Hoocker. La musique est inutile et, à mon grand soulagement, John est resté au nord, de l'autre côté de la Rappahannock. Nous allons faire partie de la onzième brigade qui doit monter à l'assaut de Mary's Heights.

Peu avant midi, notre tour est venu. À la vue des corps qui tapissent les quelques huit cents mètres de découvert que nous devons franchir, je fais sur mon front, moi l'incroyant, un signe de croix. À cet instant, je suis persuadé que je vis mes dernières minutes. Les ordres du Q.G. me paraissent bêtement inutiles, mais on ne discute pas un ordre.

Avant de sortir de notre trou, Samuel et moi échangeons un clin d'œil complice. Il doit penser – comme moi – que la délivrance… c'est pour très bientôt.

Au début, nous marchons presque en rangs puis, très vite, nous nous mettons à courir en regardant droit devant.

Il nous faut éviter les « morceaux » d'hommes et nous efforcer de ne pas entendre les cris des blessés. Le bruit des canons des deux camps est assourdissant. Devant moi, des Bleus sont fauchés par les boulets et la mitraille. J'ai failli être touché par le bras arraché d'un malheureux yankee dont le corps a complètement implosé. Cette bataille me semble bien pire que celle de l'Antietam. Nous ne voyons pas nos adversaires et leurs canonnades nous pulvérisent, nous découpent. Le corps à corps est plus effrayant, mais plus juste que ce hasard macabre.

Le mur se rapproche et les tirailleurs commencent à nous mettre en joue. On dirait un gigantesque peloton d'exécution. Et puis... Et puis j'entends une déflagration très sourde. Je pense que mes tympans ont explosé. Je décolle à la verticale, je ne sens plus mon corps, je me dis : *« Ça y est, c'est fini. »*. Je retombe très lourdement sur le sol. Et puis... Et puis plus rien...

15 décembre à l'aube.

D'un commun accord entre nordistes et sudistes, les fédéraux[1] obtiennent le droit de récupérer leurs blessés et d'ensevelir leurs morts. De toute façon, le général Burnside a retiré son armée de l'autre côté de la rivière Rappahanock. Le Sud vient de remporter une écrasante victoire.

« Mets un mouchoir sur ton nez ! » dit Bill à Bruce, deux des centaines d'hommes désignés pour la corvée d'inhumation. Je dis désignés, mais en fait il y a toujours des « nécrophages », c'est comme cela que j'appelle les quelques volontaires de « corvée de viande ». Ces hommes arrondissent leur fin de mois en prélevant montres et bijoux sur les cadavres. Mais s'il y a un côté

---

[1] Autre appellation pour nordistes.

abominable à cette démarche, il faut bien avouer qu'elle apporte de petits avantages, en l'occurrence pour les hommes laissés pour morts.

« Qu'est-ce que tu as dégotté ?

— J'ai trois montres et deux bagues, et toi ?

— J'ai juste un collier !

— Attends, regarde, celui-là, en dessous de ce tronc, il a un pendentif !

— T'es sûr ?

— Ouais, il a un lacet autour du cou, il doit bien y avoir quelque chose au bout !

— Montre-moi ça !

— Oh ! Merde !

— Quoi !

— Merde ! Merde !

— Mais quoi ?!

— Son cœur bat ! Il vit encore !

— Et le pendentif ?

— C'est juste une petite bourse en cuir avec une mèche de cheveux ! Eh, je le connais ! C'est le caporal McAndrew !

— Qui ?

— McAndrew ! Un cabo, un héros de l'Antietam. J'ai fait partie d'une vague d'assaut lors de cette bataille. Nous avons relevé sa compagnie dans un bras d'eau. C'étaient toutes des nouvelles recrues. Ils n'ont été qu'une poignée à s'en tirer. Ce gars s'est battu comme un lion ! Amène-toi et file-moi ton miroir, je veux voir s'il respire encore.

— Il a perdu beaucoup de sang et il est perforé comme une passoire !

— Ouais, mais regarde, y a de la buée sur la glace, il est dans le coma, mais il vit !

— Brancardiers !! Venez ici, celui-là est vivant !... »

Chapitre 8

Falmouth. Hôpital militaire improvisé.17 décembre 1862.

Charles ouvre un œil, puis les deux. Tout est flou et puis sa vue se précise et des formes se dessinent.

« Je dois être au paradis et vous êtes un ange ? » dit-il un grand sourire aux lèvres.

« Oh non ! Vous êtes plutôt en enfer et je suis loin d'être un ange ! » affirme son interlocutrice.

Il a face à lui une femme angélique. Elle a le teint pâle et d'adorables taches de rousseur sur le nez et les joues. Ses yeux noirs ressemblent à deux perles d'onyx et ses sourcils tout aussi sombres, parfaitement délimités, soulignent à merveille le sérieux de son expression. Il peut voir ses cheveux malgré la coiffe : ils sont bouclés, probablement longs et très bruns. Ses lèvres sont charnues, juste ce qu'il faut, et très bien dessinées. À première vue, elle a à peine vingt ans. Elle ajoute :

« Vous avez l'air déçu ?

— Non ! non, j'ai juste cru que j'étais mort et que j'étais au septième ciel !

— Je suis une infirmière volontaire et je peux vous affirmer que vous êtes bien vivant !

— Excusez-moi ! Je suis très surpris de voir une femme au milieu de tant d'horreur.

— C'est justement à cause de ces horreurs que j'ai fait une demande pour venir soigner les soldats sur le front. Les chirurgiens et les stewards sont débordés de travail. Au fait, moi c'est Mary !

— Charles ! lui répondis-je, en lui tendant la main.

— Je sais ! J'ai votre fiche sous les yeux, me répond-elle avec un petit sourire tendre, en me présentant une main tendue, petite, douce, avec des ongles courts, mais bien soignés, une main légère, mais décidée.

— Comment suis-je arrivé ici ? Et où sommes-nous d'ailleurs ?

— C'est un hôpital improvisé pour les grands blessés et nous sommes à Falmouth, en Virginie. Vous avez été soufflé par une déflagration d'obus. Lorsque les infirmiers vous ont amené ici, vous étiez en piteux état : vous étiez troué de partout, il ne vous restait que peu de sang et vous étiez plongé dans le coma ! »

Charles change d'expression et il soulève sa couverture.

« Que faites-vous ? lui demande Mary en étouffant un sourire. Eh oui, vous êtes nu ! C'est moi qui vous ai déshabillé et nettoyé. Mais ne vous en faites pas, j'ai déjà vu de nombreux hommes dans la tenue d'Adam !

— Oh non ! Ce n'est pas que vous m'ayez vu nu qui me gêne, mais, je veux être sûr que mes jambes sont toujours présentes.

— Ne craignez rien, vous êtes entier, mais vous avez dû perdre un peu de poids, et je ne vous cache pas qu'il vous manque quelques bouts de chair de-ci de-là.

— Je remarcherai ?

— Oui. Mais votre genou droit a beaucoup souffert. Le chirurgien a eu vraiment du mal à retirer tous les petits éclats métalliques de votre corps. Surtout que lors des interventions vous étiez toujours comateux, et les médecins n'aiment pas travailler dans ces conditions. C'est très risqué, un coup de bistouri de travers et c'en est terminé… Vous savez que vous avez eu un véritable traitement de faveur ?

— Ah bon ? Et comment cela ?

— Vous deviez être soigné par des apprentis bouchers, mais un chirurgien major a exigé d'avoir, selon ses propres termes : « L'honneur de s'occuper de vous. »

— Vous connaissez son nom ?

— Non, il m'a juste dit que si vous me posiez des questions il fallait vous répondre par ce mot : l'Antietam ! Il m'a dit que vous comprendriez. »

Charles a un sourire radieux. Pour une fois, il est heureux d'être en vie.

Mary se lève, il peut contempler son corps. Elle est toute petite, à peine un mètre cinquante, très bien proportionnée. Ses formes sont parfaites et sa démarche très féline. Tout en elle respire la féminité. Sa poitrine gonfle sa blouse, mais c'est surtout son visage qu'il contemple, un visage magnifiquement dessiné et expressif. Elle paraît à la fois douce et volontaire, tendre, mais incroyablement décidée.

Épuisé de ces quelques efforts Charles se rendort.

Chaque jour qui passe est un vrai délice. Charles et Mary deviennent de vrais complices. Elle a du temps à lui accorder, car, malheureusement, de nombreux blessés ont succombé et il y a, désormais, presque une infirmière par homme valide.

« Dites-moi, McAndrew, c'est d'origine écossaise ?

— Oui, je suis Écossais par le père de mon père, mais tous mes autres ancêtres sont Irlandais. Et vous, vous êtes ?

— Je suis une O'Sullivan, Irlandaise cent pour cent !

— Alors entre Irlandais nous devons porter un toast !

— À quoi ?

— À notre île verte et à notre amitié ! »

Le regard de Mary a changé tout comme celui de Charles, mais ni l'un ni l'autre ne sait encore pourquoi.

« Votre état s'améliore un peu ; vous pouvez vous asseoir, manger sans mon aide et écrire normalement. Je vais vous chercher du papier vous devez avoir envie d'écrire à vos proches ? »

Charles fait une moue un peu triste. Mary reprend :

« Vous êtes de quelle ville ?

— Je suis de Springfield, et vous ?

— Je suis aussi de l'Illinois, de Peoria exactement.

Alors à qui allez-vous écrire ? Vous avez bien une famille ? Une petite amie ? »

En prononçant ces mots, Mary a un léger pincement au cœur.

Charles la regarde droit dans les yeux et une larme perle sur sa joue. Il lui chuchote la vérité :

« Non Mary... Je n'ai pas de femme qui m'attend et encore moins de parents angoissés. »

En disant ces mots, Charles a baissé les yeux. Il a presque honte de n'être attendu de personne ; il commence aussi à comprendre ce qui se passe en lui, il a déjà ressenti ce drôle de sentiment pour Rosa. Il tombe ou plutôt il est tombé amoureux de Mary dès le premier jour. Ils sont dans ce grand dortoir, sans personne pour les espionner.

« Qu'avez-vous donc fait ? implore Mary des larmes dans la voix et dans le cœur.

— Je vis et mon entourage aurait préféré que cela ne soit pas. »

Ils ont le même réflexe, ils se prennent mutuellement dans les bras, au même instant. Elle le serre très fort ; lui n'ose pas, de peur de lui faire mal. Leurs visages se collent l'un à l'autre, mélangeant ainsi leurs larmes. Ils entrouvrent leurs lèvres et se donnent un baiser tendre, si tendre que Charles faillit défaillir. Il lui caresse le visage avec une infinie douceur, il lui prend les mains pour les embrasser et les réchauffer, elle le cajole, le berce comme un enfant, ils n'ont pas été plus loin ce soir du 20 décembre, ils se sont juste endormis l'un soudé à l'autre.

Hôpital militaire. 22 décembre, 11 heures.

« Bonjour Mary !

— Bonjour Charles ! »

Ils se donnent la main, le cœur au chaud.

McAndrew recommence à marcher, oh ! Très peu et très lentement, mais la présence de Mary le transcende, son état s'améliore d'heure en heure.

« Dis-moi Mary, que s'est-il passé à Fredericksburg ?

— Nous avons été laminés par les rebelles. Nous avons déploré treize mille morts et mourants. C'était un véritable charnier, les corps, dont beaucoup étaient démembrés et en décomposition, formaient, par endroits, de véritables monticules. Les états-majors du Sud et du Nord ont, d'un commun accord, décidé de faire une trêve qui devint définitive, ceci afin de permettre l'inhumation des morts. Nous avons perdu, bien sûr, et les hommes valides et les blessés légers ont regagné le Maryland, certains le Tennessee. Je rends grâce à ces généraux, car sans cela tu serais mort.

— J'étais avec un caporal, un ami, Samuel Howells et un soldat, le jeune Benjamin Clayton. Pourrais-tu te renseigner pour savoir ce qu'ils sont devenus ?

— Oui Charles, je te le promets ! Charles, je voulais te dire, ce soir, je voudrais que tu viennes me rejoindre sous ma tente...

— Tu en es sûre, Mary ?

— Oh oui ! J'en suis sûre ! »

Ils se regardent avec un petit air très complice, se serrent la main encore plus fort et s'embrassent avec une passion non contenue.

« Mary ! J'aime tout en toi ; ta gentillesse, ta bonté, tes grands yeux noirs, tes lèvres douces et si bien démarquées, ton odeur, ta chaleur et tes larmes... »

Miss O'Sullivan sourit à plein cœur. Elle se blottit contre lui, au creux de sa poitrine, visiblement heureuse. Charles n'en croit pas ses yeux ni son cœur. Il adore ce petit bout de femme, il ne s'imagine plus vivre sans elle. Elle se donne sans compter. Elle l'écoute, le réconforte, sans fausse complaisance. Elle n'éprouve aucune pitié seulement et simplement de l'amour. Du vrai, du grand, du bel amour. Charles partage ce sentiment et cette fois rien ne vient ternir ce bonheur. Il peut savourer chaque moment à sa juste valeur. Cette femme qu'il aime est sincère, chaleureuse, tendre et douce, tout l'inverse de ce qu'il a toujours connu jusqu'à présent. Il ne se lasse pas de la câliner, de la réchauffer, de l'embrasser. Il « déguste » son visage, son cou et ses épaules. Il connaît le moindre repli de ses mains et le parfum de sa poitrine. Il sait interpréter le moindre regard, le plus petit battement de cil. Il vit un véritable rêve...

Le camp est de plus en plus désert. Il ne reste qu'une soixantaine de blessés, autant d'infirmières, un chirurgien et trois compagnies de l'infanterie pour protéger l'hôpital. C'est très peu, mais les Gris et les Bleus ne s'en prennent jamais volontairement aux barnums médicaux. Aussi le danger est-il quasi inexistant. On ne peut pas déménager le campement, car les trois quarts des hommes ne peuvent pas marcher.

À côté, trône l'imposant cimetière où reposent ceux que l'on n'a pas pu sauver.

20 heures.

Lorsque Charles entre sous la tente de Mary, elle est emmitouflée sous d'épaisses couvertures. Elle lui sourit un peu gênée, McAndrew est brûlant et très attentif à tout ce qui va se passer. Pour rien au monde, il ne veut manquer le moindre geste, la moindre parole. Il sait déjà qu'il va vivre les heures les plus intenses et les plus fortes de sa simple vie.

« Viens... »

La belle infirmière a découvert sa nudité et Charles reste sans voix. Il contemple ce corps magnifique, ces formes gracieuses, ces petits seins aux pointes brunes, son sexe à la toison noire et parfaitement triangulaire : esthétiquement, on dirait une déesse. McAndrew est extrêmement troublé, mais son désir commence à le consumer. Il enlève maladroitement ses vêtements. Sa jambe le fait souffrir, mais qu'importe ! Il s'allonge à côté de son ange et l'étreint tendrement.

« Charles ! murmure-t-elle. Sois doux, c'est la première fois... »

Le jeune caporal est bouleversé par cet aveu, par ce don total d'une jeune femme à un homme. Il lui susurre juste :

« Oui mon ange. »

Il la caresse très lentement et très longuement avant de la prendre. L'émotion de s'unir à elle, mêlée au plaisir intense que lui procure la douce chaleur de son intimité lui fait verser des larmes. Elle s'en inquiète un peu, mais elle comprend très vite que seule une émotion incommensurable lui a arraché ces pleurs. Elle souffre un peu, mais très brièvement et sans atteindre l'orgasme elle se détend pour s'offrir totalement. Charles manque de défaillir plus d'une fois tant cette émouvante étreinte lui gonfle le cœur. Il essaye d'attendre Mary pour se laisser aller, mais il comprend très vite que la jeune femme est trop émue pour se concentrer sur son propre plaisir.

« Mary, il faut, que…, lui dit-il en voulant se retirer.

— Non Charles…, répondit-elle le plus doucement possible. » Elle croise ses jambes sur les reins de son amant et l'attire encore plus contre son ventre : « Laisse-toi aller mon amour… »

Le jeune homme croit mourir d'amour et de plaisir, c'est divin.

Après ces minutes paradisiaques, ils restent un très long moment enlacés sans dire un mot, mais sans cesser de se câliner, de se dévorer des yeux et du cœur. Pour la première fois de sa vie, McAndrew sait ce qu'est la chaleur humaine et la sensation sublime de se sentir aimé par un être que l'on adule. Quel coup au foie porté à la fadeur, à l'ennui et à la médiocrité ! Charles, le premier, rompt ce doux silence :

« Mary, que feras-tu après ce chaos ?

— J'espère être assez douée pour finir mes études et devenir chirurgienne un jour, si Dieu le permet.

— Tu es un petit bout de femme très décidée et je suis sûr que tu arriveras à tes fins.

— Et toi, mon amour ? »

Charles sourit à l'entente de son nouveau diminutif.

« Oh ! Moi, tu sais, je n'ai jamais pensé à l'avenir. J'étais persuadé que cette guerre trouverait une solution à mon devenir. Mon père aurait bien aimé que je m'intéresse à la fabrique et à toutes ses relations, mais ce n'est pas ma tasse de thé. Ma sœur, elle, a tout à fait le profil de l'emploi ! Ma mère ne s'inquiète que pour sa tenue et sa fraîcheur, il n'y a pas de place pour moi chez eux et encore moins dans leur cœur. Depuis toi, je refais des projets et l'avenir me semble bien moins sombre.

— Et sentimentalement ?

— J'espère bien vivre avec une femme, me marier et j'aimerais avoir au moins deux enfants !

— Ah oui ? Et comment voudrais-tu les appeler ?

— Un prénom de garçon, je n'en ai pas ! Si c'est une fille, j'aimerais May, en l'honneur du seul être humain de ma famille, ma grand-mère ! Et toi ?

— Moi, j'ai une mère et une grande sœur. Mon père nous a quittés, j'avais cinq ans… j'aimerais avoir trois enfants et je me suis persuadée que je n'aurais que des petits hommes. Il y aura forcément un Nelson !

« — Pourquoi Nelson ?

— Je trouve que ça sonne bien, Nelson ! »

Mary laisse éclater son rire de cristal ! Charles fait chorus et, l'espace d'un instant, tout devient simple et beau.

« Et ta mère arrive à subvenir... ?

— Oui oui, elle est avocate. Elle s'est faite toute seule. On a eu, ma sœur et moi, une enfance très heureuse, sans mâle, mais vraiment heureuse ! Nous n'avons manqué que d'une présence masculine ; en fait, c'était très supportable ! »

Charles et Mary se blottissent à nouveau l'un contre l'autre et ils s'endorment en chœur...

23 décembre.

Charles ne boite presque plus et son moral est au beau fixe. L'hiver s'est installé sur le pays, mais en Virginie on se croirait en automne. Il est à peine 7 heures et le jour ne s'est pas encore levé. Le ciel étoilé incite à la rêverie et à la méditation. Pour une fois, McAndrew se met à espérer, à croire en l'avenir. Son quotidien est si coloré, si vibrant, si plein d'émotions ; il voudrait que tout s'arrête là, maintenant, aux côtés de son ange de femme.

Il sirote un café brûlant lorsque Mary arrive. Elle a l'air troublé, presque triste.

« Bonjour Mary ! Qu'est-ce que tu as ? lui demande-t-il en l'embrassant.

— C'est au sujet de tes amis...

— Tu as des nouvelles ?

— Oui, mon amour : Samuel Howells est un homme de couleur ? Un caporal ?

— Oui, c'est un Noir.

— Miraculeusement, il n'a pas une égratignure, il est parti pour le Tennessee rejoindre le général Rosecrans. Mais... le jeune Clayton a été tué. »

Charles s'attendait à une mauvaise nouvelle, mais la mort du jeune homme lui frappe le cœur. Il ne peut retenir les larmes qui lui coincent la gorge. Sa chère et tendre attend qu'il reprenne ses esprits avant d'ajouter :

« Un autre blessé était à ses côtés lorsque s'est arrivé : une balle lui a traversé la tête, il est mort sur le coup ; il n'a même pas eu le temps de se servir de son arme. Il est enterré, là, à côté. »

Charles repense à la mère et à la sœur du pauvre Clayton qui, malheureusement, ne recevront plus jamais de courrier. Mais Mary le console par une étreinte forte et pure, emplie de douceur comme elle en a le secret. Charles ne s'habitue pas à autant de tendresse et − comme à chaque fois − il est bouleversé. Cette jeune femme le surprend encore et toujours. Elle est si belle, si féminine, trop bien pour lui, pense-il. Il fond à nouveau. Ils passent tout leur temps libre à faire l'amour, et cette fois Mary prend du plaisir. Ils commencent vraiment à se connaître ; chaque parcelle de leur corps n'a plus de secret. Lui connaît sa tache de naissance sur sa fesse gauche et sa cicatrice sous son sein droit. Elle sait, même dans l'ombre, trouver ses trois grains de beauté, et passe souvent ses doigts sur la marque d'une brûlure qui date de son onzième anniversaire et qui lui orne le creux des reins.

24 décembre, 8 heures.

Le camp est presque désert. Il ne reste que douze éclopés, une dizaine d'infirmières ; le chirurgien est parti pour le Maryland ne laissant qu'un lieutenant aide chirurgien et une compagnie du 5e de l'Ohio. La santé de Charles est quasi parfaite, il ne boite plus et il a retrouvé son poids d'avant Frederiskburg. Mais Mary est morose, faussement enjouée.

Sur la douzaine de soldats blessés, quatre ont survécu à une amputation de la jambe, un à la perte de sa main droite, et le sixième restera aveugle jusqu'à son dernier souffle. Pour ces hommes, la guerre est finie. D'ailleurs, un convoi doit venir les chercher. Il ne reste que six hommes valides ou quasi valides, dont Charles. Désormais, sa seule pensée est : « Bientôt, il faudra... »

Le soir venu, l'ambiance est solennelle. Mary est plus que sérieuse. Mais elle se donne sans compter, elle met, dans leur étreinte, toute son âme et tout son amour. Le jeune caporal se laisse aller et leur union est une véritable fusion, une vraie communion. Ils s'aiment à s'en déchirer le corps. Cette nuit est leur nuit !

Noël. 8 h 30.

Charles ouvre les yeux avec difficulté, la nuit a été courte.

Un mauvais pressentiment le gagne, comme si quelque chose d'anormal s'était produit. Il s'habille en hâte, sort précipitamment.

« Mon lieutenant !

— Oui, McAndrew ?

— Où sont les hommes qui doivent rentrer chez eux ?

— Ils sont partis ce matin, vers 5 heures, avec un détachement de cavalerie. Ils ont quitté le campement en même temps que six des dix infirmières.

— Six des dix... bégaye Charles. »

Il court au barnum aussi vite que ses jambes lui permettent. Il lui faut malheureusement peu de temps pour constater que parmi les quatre femmes restantes il n'y a plus de Mary.

« Où est-elle ? Où est-elle ? »

Il parcourt le campement en long et en large, mais ses questions restent sans réponse. Il retourne auprès du lieutenant aide chirurgien.

« Mon lieutenant, pourquoi Mary ? Pourquoi l'avez-vous renvoyée !?

— Un ton en dessous caporal ! De plus, je n'y suis pour rien : c'est Mary O'Sullivan, elle-même, qui m'a demandé son affectation pour les lignes arrière. Elle en avait assez du front et des amputations ! »

Charles est abasourdi, il a la bouche grande ouverte, mais aucun son n'en sort.

« Je sais, Charles, vous êtes plus que proches et jamais je ne lui aurais ordonné de partir. »

McAndrew sort, affolé. Il se dirige sous sa tente, retourne son lit, puis tous les lits, cherchant une lettre, un mot, un bout de papier, n'importe quoi, quelque chose qui lui expliquerait pourquoi ? Charles pleure. Un immense désespoir lui étreint le cœur. Décidément, les femmes ont juré de le rendre fou. Il se remet à peine du choc Rosa que Mary le crucifie. Et cette fois, c'est bien pire. Cette jeune infirmière a presque son âge ; elle est libre, elle l'aime. Il espérait bien qu'elle deviendrait sa femme...

Bien sûr, la guerre n'est pas finie et tôt ou tard il devra retourner au combat, mais pourquoi ce départ sans un mot ? Pourquoi ce silence ? Pourquoi ?!

Le 26 décembre, après un Noël de cauchemar… Les six rescapés valides apprennent que l'armée du général Rosecrans prépare un coup de main dans le Tennessee. Un corps d'armée doit arriver d'un instant à l'autre et la dernière compagnie restée pour les protéger va se joindre à ces hommes. Sans la moindre hésitation, Charles demande au lieutenant l'autorisation de reprendre du service et de se joindre aux régiments du 9e corps qui doit poursuivre sa route vers le Tennessee.

« Tu sais bien, Charles, que l'état-major a projeté une attaque et qu'il ne va pas faire bon être dans cet État du sud ! Mais, je t'avoue que j'ai reçu des ordres dans ce sens : tous les hommes valides doivent rejoindre les généraux Rosecrans et Sheridan. Alors oui : je ne te donne pas l'autorisation d'y aller, je t'en donne l'ordre ! Le 9e corps arrive demain très tôt, mais, je t'en prie McAndrew, ne te suicide pas ! Tu m'as compris ? »

Le jeune caporal a un sourire crispé. Sans vraiment le vouloir, il espère, plus que jamais, que la bataille qui se profile à l'horizon sera vraiment – pour lui – la dernière.

Chapitre 9

27 décembre à l'aube.

Deux compagnies du 2ᵉ régiment du Wisconsin sont désignées pour assister au rapatriement du corps médical en direction du nord. Tous les autres soldats, fantassins, cavaliers et artilleurs d'une partie de l'armée du Cumberland, prennent la direction du sud-est, vers la Stone's Rivers.

Après avoir salué le lieutenant Moorhead, le fameux aide-chirurgien, je monte sur un train d'artillerie[1]. Personne n'y trouve à redire. Je n'ai plus d'affectation, je ne sais même pas combien d'hommes de mon ancien régiment, le 7ᵉ de l'Ohio, ont survécu, si tant est qu'il y ait des rescapés. Je ne cesse de penser à Mary, ma douce, ma tendre Mary. Je l'aime toujours avec autant de fougue et d'intensité même si je ne comprends pas sa réaction finale ; elle doit avoir de bonnes raisons, mais lesquelles ? Bien sûr, nous n'avons vécu qu'une semaine ensemble, mais la force de cet amour et ce climat de guerre nous obligent à vivre à cent à l'heure et chaque seconde passée ensemble a exacerbé nos sentiments. C'est comme si nous avions vécu une vie en quelques jours. L'urgence du « vivre » n'est pas un leurre lorsque l'on sait que demain sera peut-être le dernier jour.

Je me torture le cœur sans cesse et indépendamment de ma volonté il se passe quelque chose en moi. Mes yeux

---

[1] Canon et son équipement tirés par des chevaux.

versent continuellement des larmes. J'ai, peut-être, encore plus envie d'en finir qu'avant ma rencontre avec Mary, mais je brûle du désir de savoir pourquoi cette fuite sans le moindre adieu. Je me répète sans répit ces quelques mots : *« si je meurs, je ne saurais jamais ! »* Je ne sais plus quoi faire, aussi, décidé-je que seul un coup du sort jugerait mon cas désespéré : « Si je dois mourir sans savoir, alors, qu'il en soit ainsi ! »

« Dis-moi, tu as l'air bien songeur !

— Pardon !

— Salut mon gars ! Sergent major Kent Fessenden !

— Bonjour major ! Caporal Charles McAndrew !

— Que fais-tu là ? T'es habillé je ne sais pas comment et tes yeux sont rouges et gonflés, qu'est-ce qui t'arrive ?

— Je suis un des rares rescapés de Fredericksburg. Je faisais partie des restes de l'hôpital militaire que vous avez traversé ce matin ! Je me trompe ou nous avançons à pas redoublés ?

— Eh non, mon gars, tu ne te trompes pas ! On est même presque en retard sur l'horaire ! Les hommes de Rosecrans ont déjà quitté Nashville pour affronter l'armée de Bragg dans le Tennessee. Si Dieu ou le Diable le veut, nous serons aux côtés des nôtres le 30 décembre. Tu es pressé d'en finir ? »

Charles ne va pas au bout de sa pensée, il enchaîne pour masquer son trouble :

« Pourquoi portez-vous un liseré et une forage cap rouge ?

— Ça, c'est pour cacher le sang ! Non, je plaisante. Il n'y a aucune raison particulière, c'est comme la couleur jonquille pour les cavaliers ou le bleu pour vous autres, les fantassins ; mais c'est un peu vrai pour le sang. Tu sais, on nous traite parfois de planqués, mais je t'assure qu'une

94

pièce d'artillerie qui vole en éclats et qui retombe sur ses servants c'est pas beau à voir !

— J'ai vu à Fredericksburg ce qu'un canon était capable de faire à un édifice.

— Oui, mais tu n'as jamais vu ce que ça peut faire à un autre canon ! À chaque bataille c'est la même chose, lorsque ce ne sont pas les hommes qui explosent se sont les pièces qui décollent et qui retombent en pluie de bois et de métal sur les pauvres types qui sont en dessous. Certains sont tués sur le coup, les plus chanceux ! Les autres agonisent, les jambes, les bras ou le ventre broyé, et le pire dans tout ça c'est que tu ne vois pas la mort venir. C'est une lutte aveugle et très destructrice. »

Le major semble perdu dans ses souvenirs, douloureux à en croire la grimace que l'on peut lire sur ses lèvres. Il ajoute :

« Tu veux un bout de chique ?

— Non merci ! »

McAndrew ne cesse de penser à Mary. Leur idylle a duré à peine dix jours, mais « TOUT » s'est passé pendant ce court laps de temps. Il a connu l'amour de cœur et l'extase physique ; il a une femme qui l'aime autant que lui peut l'aimer, une femme sublimement belle sous les traits de cette petite brune aux grands yeux noirs et au regard vif. Il pense si fort à elle qu'il pourrait presque toucher ses longs cheveux bouclés, soyeux, aux reflets d'onyx ; elle est si tendre et si compréhensive ; il a désormais un but dans la vie. Et voilà que sans raison évidente tout s'écroule, son bonheur tout neuf n'est plus. Il se torture chaque seconde et il sait déjà que ses pensées peuvent lui jouer un sale tour au combat. Mais, après tout, n'est-ce pas ce qu'il recherche ?!

Charles pense à son ultime voyage :

« *Pendant trois jours, nous allons descendre la Virginie du nord-ouest au sud-ouest, tout en longeant la fron-*

tière du Kentucky, pour arriver au cœur du Tennessee, à proximité du futur carnage. »

« Au fait major, Fessenden, c'est un nom danois ?

— Non caporal, je suis Suédois ! Je suis né à dix kilomètres de Stockholm. Mes parents n'avaient plus de famille là-bas et le travail manquait. Aussi la décision de s'expatrier en Amérique n'a pas été difficile à prendre, et nous avons pris le bateau pour New York en 1835. Et voilà, comment de Nordique on devient nordiste ! s'écrie Kent, appuyé d'un rire caverneux. Et toi, es-tu un de ces mangeurs de pouding ?

— Oui et non, je suis un peu Écossais, mais surtout très Irlandais !

— Ah ah ! Vu le ton que tu emploies, je suppose que tu n'adores pas les sujets de Sa Gracieuse Majesté ?

— Pas vraiment, mais, mon île verte est en mon cœur et j'espère bien y retourner pour m'y installer définitivement, à moins que cette guerre n'en décide autrement.

— Ne sois pas défaitiste, ce sont ceux qui pensent qu'ils ne reviendront pas qui s'en sortent le plus souvent ! »

Pendant les trois jours de notre périple j'ai tout appris sur la stratégie et l'utilisation particulière des canons et autres mortiers : l'inclinaison, le positionnement des pièces, le rôle de chaque servant, de l'écouvillonneur[1] au pointeur en passant par le tireur et le chef de pièce. Fessenden m'a expliqué l'importance de la qualité de la poudre, qu'il faut absolument protéger de la pluie et du gel. Il m'a montré les différents types de boulets et d'obus, ceux pour détruire les édifices et les antipersonnels, et il s'est attardé principalement sur les quelques modèles de canon. La pièce de douze livres, modèle Napoléon III de

---

[1] Servant de pièce qui tasse la poudre au fond du canon avec un écouvillon.

1857, d'une portée de deux mille yards, capable de tirer deux fois par minute ; un autre, toujours de douze livres, de 1841-42, d'une portée de mille six cent soixante-trois yards, même cadence de tir, mais d'un calibre de 4,62 ; le petit de six livres ; puis les obusiers et les mortiers de défenses. Il a précisé que pour utiliser un de ces « beaux joujoux » il fallait sept artilleurs et un sergent...

C'était très bien expliqué et très instructif, même si le but était et restait toujours le même : tuer un maximum d'êtres humains. C'est la loi de la guerre et mes états d'âme ni changeront rein. Au moins, tous ces échanges me permettent de ne pas penser à ma tendre Mary.

Nous sommes le 30 décembre et nous approchons de notre but.

Le même jour, vers midi, nous atteignons notre bivouac, du moins pour ce qui concerne les artilleurs. Je quitte le sergent major Kent pour me mettre en quête de ma nouvelle affectation.

Je suis, avec mes quelques compagnons rescapés, passé sous les ordres du général Philip Sheridan. À ma grande mais bonne surprise, je retrouve les rescapés de mon ancienne compagnie, la 6e du 7e de l'Ohio et en particulier, Samuel le cabo de couleur et le jeune John.

« Salut Charles ! s'exclament-ils en cœur.

— Salut les gars !

— T'es toujours vivant ? me questionne Samuel avec un air à la fois joyeux et déçu… déçu pour moi.

— Eh oui ! Comme tu peux le constater, le grand juge là-haut n'a pas encore voulu de moi !

— Raconte un peu ! insiste le petit tambour.

— J'ai été laissé pour mort à Fredericksburg et je n'ai dû ma survie qu'à une mèche de cheveux que j'avais dissimulée dans un petit étui de cuir suspendu à mon cou.

— Comment cela ? intervient John.

— Les nécrophages ? ajoute Samuel.

— Oui ! Ils ont cru que je détenais un trésor et l'un d'eux a entendu les battements de mon cœur. Il m'a même reconnu.

— J'étais sûr que tu étais mort, j'ai demandé de tes nouvelles, mais personne ne t'avait vu vivant. Il y a juste eu cet homme, un sergent de la 4ᵉ du Maine ; il t'a vu décoller à la verticale et retomber lourdement sur le sol. Il n'était qu'à une vingtaine de mètres de toi, tu étais apparemment troué comme une passoire ! déclame Samuel.

— Oh oui ! Une vraie passoire ! Ils m'ont brancardé jusqu'à un hôpital de campagne improvisé, à Falmouth, et là j'ai été sauvé par un major-chirurgien et par... une infirmière volontaire.

En prononçant ces mots, je verse involontairement des larmes qui me déchirent le cœur. Aucun des deux ne relève. Ma tendre Mary me revient en plein cœur, de toute façon elle ne me quitte jamais, en pensée hélas !

— J'ai entendu parler de ces femmes ! assure Samuel.

— Il faut en avoir dans le ventre pour faire ce qu'elles font ! dis-je. »

Samuel a compris qu'il s'était passé quelque chose d'important là-bas. Il attend que John s'éloigne pour ajouter en sourdine :

« Charles, t'es toujours décidé à mourir ?

— Plus que jamais ! Mais toi, comment t'en es-tu sorti ?

— Comme d'habitude ! J'ai foncé droit devant et un coup derrière la nuque, venu d'on ne sait où, m'a cloué au tapis. On m'a récupéré comme j'étais venu, sans une égratignure, avec juste une énorme bosse derrière le crâne et me voilà de nouveau, prêt à remettre ça.

— Il y a eu beaucoup de survivants de la 6ᵉ ?

— Avec toi, on n'est plus que douze.

— On m'a dit que je servirai sous les ordres du général Sheridan ?

— Eh oui, vieux ! Tous les éclopés des diverses batailles sont placés sous ses ordres, presque une brigade entière. Nous sommes de la 3e division et notre capitaine n'est autre qu'Amos Layne, le sanguinaire !

— Le sanguinaire ?

— Il confond les hommes et les marchandises, on n'a pas plus de valeur à ses yeux qu'un bout de chique !... Dis-moi son prénom !

Je ne suis pas surpris, je sais que cet homme, qui a tant souffert, a tout compris.

— Mary.

— Tu veux en parler ?

— Non, c'est trop frais, c'est trop dur ! lui répondis-je en me remettant à mouiller mes joues.

— Quand tu le voudras, je serai là pour toi ! »

Je ne le remercie pas. Les mots restent coincés dans ma gorge. Je ne pense qu'à ma douce, ma si tendre Mary. Vivre devient vraiment douloureux et chaque seconde passée sans elle est simplement insupportable.

Notre camp n'est qu'à deux cents mètres des rebelles et le soir venu, il y a un combat, un drôle de combat, une joute de fanfare. Les Gris commencent par « Dixie », les nôtres entonnent « Yankee Dootle » et le soir s'éteint avec un air commun joué par tous les musiciens, des deux camps, « Home Sweet Home ». Les hommes qui libèrent leurs émotions en criant leur besoin de rentrer dans leur chaumière vont, sans aucun doute, s'entredéchirer à la première heure.

Il fait froid en cette nuit du 30 au 31 décembre. Comme à Shiloh, ce sont les Johnnies qui nous surprennent. Ils attaquent très tôt, comme à leur habitude en courant et en hurlant ; une vraie tornade grise.

Heureusement, le général Sheridan est un fin limier. Il a flairé le coup et devancé la tactique du général Bragg. Il a fait lever et préparer ses hommes de très bonne heure.

Les rebelles sont stoppés de justesse, mais notre division commence à plier. Les échanges de canonnades sont si intenses que nous sommes tous obligés de nous introduire du coton dans les oreilles. Je suis, avec mes frères de la 6ᵉ, en plein cœur du chaos. Cette bataille est étrange. Pendant des heures, nous effectuons des manœuvres que je qualifierais de replis stratégiques. Les sudistes avancent inexorablement sur nous, vers le centre des défenses. Nous devions, initialement attaquer, et nous voilà réduits à faire machine arrière. Nos hommes tombent par centaines. Nous nous mettons en ligne, un rang à genoux et un rang debout, nous tirons une salve et nous reculons d'une dizaine de mètres. À chaque fois, de nombreux rebelles s'effondrent, mais nos pertes sont impressionnantes et nous reculons sans cesse, laissant systématiquement des officiers et des sous-officiers déchiquetés ou mourants. Nous ne cessons pas de reculer ; malgré cela, nous tenons. Samuel et John sont toujours en vie et je n'ai qu'une légère blessure, due probablement à un coup de fusil, en haut de l'épaule droite. Cette bataille est encore différente des autres : à Antietam nous faisions du sur place, à Fredericksburg nous avancions en pure perte et ici nous nous replions tout en défendant. Le contact avec l'ennemi est quasi inexistant, les baïonnettes ne servent guère. Sur les neuf hommes qui sont sous ma responsabilité, seuls deux fantassins sont tombés et un troisième saigne légèrement de la tête. Je fais tout pour les protéger, je bataille tellement que, malgré moi, la mort ne m'a pas encore sollicité. À la nuit tombante et bien qu'épuisée, notre brigade a atteint un point clé, près d'une voie ferrée dans une forêt du nom de « Round Forest ». Les rebelles ont bien essayé de nous déloger, mais ils s'y sont cassé les dents. Au cœur de la nuit, nous ne reculons plus, nous faisons face et la machine de guerre s'arrête ; les canons font une pause, la nuit est trop noire !

C'est là, à cet instant, que nous entendons les cris des blessés et les gémissements des mourants. C'est terrible. Je préfère les canonnades ! Bien sûr, nous ne pouvons rien faire pour ces malheureux et bon nombre d'entre eux ne crieront plus à l'aube.

Mon genou, si durement touché en Virginie, me fait vraiment souffrir, il faut dire que nous avons piétiné, marché, couru, pendant treize heures. Je suis mort de fatigue et je ris nerveusement en imaginant la tête effrayante que je dois avoir. Pour éviter de penser à ma douce Mary, à ses parfums, à la douceur de sa peau et de ses lèvres, je fais le tour de mes hommes. Mike ne saigne presque plus, la balle lui a juste arraché quelques lambeaux de cuir chevelu. Cinq autres n'ont rien. Peter est adossé à un chêne, les yeux grands ouverts, mais il est mort. Le trou dans son flanc droit est noirâtre, la balle l'a traversé de part en part. Je le couche sur le dos et je trouve, dans une de ses poches, un mot pour sa femme pour le cas où. La trêve sera courte et tout à l'heure il faudra remettre ça ! Je m'endors brutalement contre « l'arbre de Peter »

1er janvier 1863.

À l'aube, les canons se remettent à hurler. Nous ne bougeons pas. Une estafette est venue très tôt nous informer. Les ordres sont simples : « Il faut tenir ! » À notre grand étonnement, nous n'essuyons que quelques coups timides, de brèves escarmouches en matinée, des fusillades sporadiques ; rien de bien méchant. La forêt nous protège bien de la furie de l'artillerie, artillerie qui nous rend presque sourds. Heureusement, j'ai gardé mes bouts de coton !

En début d'après-midi nous recevons l'ordre d'occuper une colline à l'est de la Stone's Rivers. Les Gris doivent probablement réfléchir à une stratégie ou peut-être sont-ils déconfits par notre résistance, en tout état de cause ils nous permettent de récupérer. Le soir du Jour de l'An nous mangeons sans être inquiétés et nous pouvons panser nos blessés. De l'autre côté de la rive se tiennent nos canons, cinquante-huit pièces dont je sais que l'une d'entre elles est sous les ordres du major Fessenden, mon professeur de balistique. En pensant à lui, je revois mon départ de l'hôpital militaire de Falmouth, ma course effrénée pour retrouver ma merveilleuse infirmière, mon adorable petit ange brun aux yeux d'onyx. Je repense à la terrible souffrance qui m'a broyé le cœur, à l'instant terrible où j'ai réalisé, à ce sentiment d'abandon, de vide total, aux larmes brûlantes et amères qui me dévorèrent les joues et m'étreignirent la gorge. Ce jour-là, je suis mort d'amour !

La nuit est très calme, presque sans coup de feu. Mais au lever du jour, la redoutable « broyeuse grise » reprend ses efforts. La stratégie du général Bragg nous saute aux yeux : les Johnnies doivent prendre notre colline et une vague de rebelles dépenaillés, mais décidés, nous fonce droit dessus. Il est clair qu'il leur faut vaincre ou mourir !

Curieusement, notre état-major nous intime l'ordre de défendre le point, mais de ne pas hésiter à reculer si la pression se fait trop forte. À quoi pense donc le général Rosecrans ?

Fidèle à son habitude, l'ennemi fond sur nous en hurlant à pleins poumons. Le capitaine Layne qui commande notre compagnie ordonne un premier repli après un tir de barrage. Je dois avouer que le spectacle de ces milliers de sudistes courant à découvert m'impressionne fortement, je ne suis pas prêt d'oublier ce déferlement cauchemardesque. Quelques-uns tombent comme des fruits trop mûrs, mais je n'en vois aucun faire demi-tour. Nous leur abandonnons la place sans résister. Ce que l'état-major sudiste craignait, et que le général William Rosecrans espérait, arriva : notre artillerie les prit en enfilade. Je suis bouche bée. Les corps sont catapultés en l'air, les membres disloqués ou arrachés, le sang n'en finit plus d'inonder l'air en un véritable nuage de gouttelettes écarlates. La tripaille est expulsée des torses et des abdomens et retombe en tapissant le sol. Ces hommes si courageux sont comme des enfants perdus, ils sont fauchés comme les blés. Leur peur est palpable. Que faire contre le mortel hasard des caprices d'un obus ?

Désormais je sais ce qu'une canonnade frappant une brigade de fantassins peut faire et les dégâts terrifiants occasionnés par les boulets à mitraille. La vague d'assaut rebelle se brise au sommet de cette colline. Les survivants, hébétés, font volte-face et à l'instant même où les canons se taisent, Amos Layne, sabre au clair, nous intime l'ordre de charger. Nous poursuivons nos assaillants en les repoussant vers leurs lignes et pour cette fois c'est nous qui hurlons. Je cours comme les autres, mais je n'ai guère envie de leur tirer dans le dos. Mon fusil demeure froid. La victoire a un drôle de goût. Les Gris courent de plus en plus vite et nous cessons de les pourchasser ; ils sont repassés derrière leurs lignes. Lors de notre retour à notre camp de base, je constate les conséquencess de cette tuerie qui a duré plus de deux jours. Le sol est jonché de morceaux d'homme, de troncs éviscérés, de membres de toutes sortes. Les tuniques bleues et grises sont emmêlées. Nos hommes aussi ont souffert des canonnades adverses. De-ci de-là stagnent des mares de sang. Les cris, les prières, les suppliques des mourants brisent le silence. Comme au Maryland, en septembre, c'est le retour qui est le plus douloureux. Ce spectacle me donne la nausée.

Mon corps ne répond presque plus. Je suis fourbu, engourdi ; tous mes os me font souffrir, surtout ceux de ma jambe droite.

3 janvier.

Nous recevons des renforts de troupes venant de Nashville et nous ne cédons plus un pouce de terrain. Le général Bragg baisse les bras en voyant notre résistance : il ordonne à ses troupes de se retirer derrière la rivière Duck, à quarante kilomètres plus au sud. La bataille est finie et sur le papier nous sommes les grands gagnants de ce massacre. Nous apprenons que, lors de la canonnade sur la colline, les rebelles ont perdu mille cinq cents hommes en une heure ; en trois jours, près de trente pour cent de leur effectif est tombé.

Ce 3 janvier, je suis désigné de « corvée de viande », comprenez qu'il me faut arpenter le champ de bataille pour dénicher les blessés soignables et, comble de l'horreur, « aider » les mourants et les intransportables à en finir, et – bien sûr – à la baïonnette afin d'économiser les cartouches. Je ne peux pas me défiler, mais je ne peux pas, non plus, me résoudre à tuer. Seul un cas se produit ; cet homme, je ne suis pas prêt de l'oublier. C'est un capitaine nordiste, un du 1er du Minnesota. À l'endroit où il gît, il y a eu un féroce combat d'artillerie. Il est entouré de « bouts » d'hommes ; jusqu'à cet instant, je n'ai trouvé aucun survivant. Je l'entends appeler, en me voyant son visage s'éclaire, il me sourit. À la vue de son corps, ma gorge se serre à m'en étouffer. Ses deux jambes sont complètement disloquées. Son pied gauche est à l'envers et sa main droite a été arrachée de son poignet. Je ne comprends même pas comment il peut vivre encore. J'ai de violents haut-le-cœur, mais j'essaye de me contrôler pour ne pas qu'il comprenne. Je me trompe sur toute la ligne, il est pleinement conscient de son état et lorsque je me retrouve à proximité de lui il m'ordonne d'une voix claire et décidée : « Achève-moi ! » À deux doigts de la mort, il reste un capitaine ! J'approche l'arme blanche fixée au bout de mon fusil, mais rien n'y fait, je ne peux pas. Il m'invective : « Caporal ! C'est un ordre !! » Je ne peux rien faire d'autre que de trembler. C'est là qu'il agrippe le fût de mon canon de sa main valide, et dans un dernier et surhumain effort il se transperce la poitrine. Ses yeux me fixent toujours lorsqu'il rend son dernier souffle. Je suis figé. C'est une situation presque irréelle qui reflète si bien l'absurdité de toute cette boucherie…

Je continue ma basse besogne, mais j'avoue que je ne me rapproche que des hommes encore entiers. Je ne trouve, dans toute cette fange, que six soldats, deux yankees et quatre Gris. Je fais au plus vite pour signaler leur présence et les brancardiers courent, malgré cela, seuls deux rebelles ont survécu au transport. En fait, des centaines de combattants ont succombé à leurs blessures. Les cadavres des hommes, des : 1er et 2 janvier, ont gonflé et commencent à se décomposer. Nous sommes en plein cœur de l'hiver, mais malgré le froid il règne dans l'air une terrible odeur de putréfaction et une lourde et persistante odeur de sang. Depuis, je revois sans cesse l'image de cet homme – crispé sur mon arme – et délivré de son fardeau terrestre. Durant cette bataille de la « Stone's River », je suis sûr de n'avoir tué qu'un seul homme : le capitaine John Kinsley de la 3e compagnie du 1er d'infanterie du Minnesota, un des nôtres !

Les semaines passent et nous ne faisons aucune manœuvre. Nos pertes de fin d'année sont sévères, plus de trente pour cent des combattants engagés dans la bataille. Notre bouledogue de général en chef n'a pas l'intention de remettre ça, de plus il faut enterrer les cadavres, plusieurs milliers.

En fin de mois, il se produit deux événements notables. Le premier concerne toute l'armée du Potomac. En effet, à la suite d'une manœuvre de troupe hasardeuse qui s'était soldée par un « demi-tour droite », le général en chef Burnside fut révoqué et remplacé par un dandy, bon vivant, mais dépravé et très ambitieux, le général Joseph Hooker, un homme dénué de sens moral, mais proche des soldats donc aimé des troupes. Il met fin à un odieux trafic. Tous les gradés de l'intendance sont corrompus. Je suis profondément choqué par ces injustices qui privent le démuni de nourriture, de vêtements et, pire encore, de médicaments et de soins. Il est ce qu'il est, mais il arrête net ces abus et il punit sévèrement les indélicats. L'autre événement qui n'en est pas un en soi me comble de joie. Depuis le 20 janvier, John déambule dans le campement aux bras de Judith Hunley, une cantinière qui, il faut bien l'admettre, soulage quelques hommes moyennant un dollar. Elle a vingt-cinq ans, mais la vie l'a marquée et je sais que notre jeune tambour n'a pas un sou vaillant en poche. Nous en déduisons, Samuel et moi, que seule sa mélancolie et son joli minois ont attiré notre péripatéticienne temporaire. Ce qui est certain c'est que John rayonne. Il est amoureux et Judith ne fait rien pour le décourager. C'est très attendrissant, je les regarde sourire à la vie et je ne peux m'empêcher de songer à Mary et je pleure de joie pour lui et de douleur pour moi. Samuel aussi est rêveur. Nous ne nous parlons que très peu ; un regard ou une grimace suffit, et là nous venons de communiquer : « vivement la fin, mais Dieu ! Je t'en prie : une balle en plein cœur ! »

Je ne suis dans ce conflit que depuis quatre mois, mais j'ai la sensation d'avoir vieilli de dix ans. L'horreur des combats, l'obligation de se battre et de tuer, la mort des copains, le souvenir de Rosa et surtout la cicatrice profonde laissée par Mary, toutes ces blessures ont buriné mes traits. J'ai même, depuis cette époque, une petite mèche blanche sur la tempe gauche. Il parait qu'une grande peur peut provoquer cela, mais moi je sais qu'elle a poussé depuis la fuite de mon adorable petit ange brun aux yeux de braise. Le jeune homme est mort et je deviens, compte tenu de l'espérance de vie de cette guerre, un vétéran ; eh oui ! Un rescapé couvert de cicatrices, mais encore en état de combattre. Et, il faut bien que je le reconnaisse, j'attends impatiemment la prochaine tuerie.

Je ne reçois aucune lettre et je n'écoute même plus le contenu de celles de mes frères d'armes. Je survis, m'abreuvant de souvenirs, fermant les yeux de longues heures en revoyant le doux visage et le corps si parfait de Mary. Je me soulage en me remémorant nos nuits d'amour. Je donnerai ma vie pour en revivre une. Rien qu'une !

12 février 1863.

Campement nordiste du Tennessee.

Samuel s'approche de moi en me tendant un papier froissé. C'est une coupure de presse datant du premier janvier de cette année intitulée : *« Déclaration d'émancipation des esclaves du sud »*

« Lincoln a gagné ! Qu'en penses-tu Charles ?

— J'aimerais le croire, mais je ne suis pas sûr que les hommes suivent cette idée.

— Avant de mourir, j'aurais au moins eu cette satisfaction ! L'article précise que les Noirs seront désormais enrolables. Pouvoir se battre en homme libre pour libérer les opprimés, c'était un rêve et voilà que ça prend forme.

— J'ai entendu dire que les rebelles ont mis fin aux échanges de prisonniers à cause de cela.

— Malheureusement, le "boucher du sud", le général Beauregard, a juré de garrotter les prisonniers de couleur et leurs supérieurs, ceci explique cela.

— C'est tout de même une belle avancée !

— Alors, Charles, et côté cœur ?

— À l'hôpital de Falmouth, j'ai connu un petit bijou de femme ! Une splendide brune aux yeux noirs.

— L'infirmière volontaire ?

— Oui, Mary était une infirmière volontaire. Entre elle et moi, un lien s'est tissé tout de suite et l'amour a suivi ! »

En prononçant ces mots, ma gorge se serre d'une façon incontrôlable et très douloureuse. Samuel l'a compris, il baisse les yeux. Je continue :

« Je n'imaginais pas pouvoir ressentir autant de choses. C'est un amour sans limites, une tendresse si profonde... Je sais qu'elle aussi ressent les mêmes sentiments à mon égard. Mais...

— Mais quoi ?

— Le jour de Noël, elle est partie. Comme ça, sans un mot, sans raison ; du moins en apparence.

— Elle en avait peut-être une ?

— Laquelle pouvait-elle avoir ?

— Réfléchis, si votre amour prenait de telles proportions, la guerre est loin d'être finie et je te rappelle que ton envie d'y rester saute aux yeux. Elle n'avait sûrement pas envie de voir l'homme de sa vie partir pour revenir dans une boîte en sapin ! »

Les mots de mon ami me réchauffent : « L'homme de sa vie » ! Il a raison. Je suis bien trop amoureux pour avoir pensé à ces raisons. Les femmes sont bien plus clairvoyantes que nous. Je fonctionne au présent alors que l'avenir est l'apanage du sexe, dit, faible !

« Je vais te surprendre, je n'ai pas pensé que cette raison avait suffi à la faire fuir.

— Tu ne connais que peu de chose des femmes mon vieux Charles !

— Oui ! Mais pourquoi sans un mot ?

— Elle a dû penser que l'absence aboutirait à l'oubli, alors que l'explication de son acte, pour les bonnes raisons : la peur de te perdre ou de te voir mourir, aurait fini par avoir ta peau ! Les pourquoi maintiennent en vie, les certitudes tuent ! Je ne me pose plus ces questions depuis longtemps c'est pour cela que je suis déjà à demi mourant ! As-tu cherché à avoir de ses nouvelles ?

— Oh oui ! À chaque fois que j'aperçois un homme en blanc, enfin plutôt en rouge, je le questionne. Mais Mary est inconnue au bataillon.

— Cela paraît bête, mais essaye de ne pas perdre espoir, tout peut encore arriver ! »

Samuel trinque avec moi, sa présence et ses mots savent viser juste. Mon moral remonte un peu, mais mon défaitisme chronique ne me quitte pas vraiment. L'hiver s'installe et engourdit tout. La guerre se fige et nous aussi.

Chapitre 10

1 Mai 1863.
Camp retranché de Jeb Stuart, à sept kilomètres de Fredericksburg.

Depuis le début de l'hiver, les cavaliers du 1er de Virginie n'ont effectué que quelques raids contre des points stratégiques de l'armée de Grant. Tout s'est passé sans trop de bobos : six hommes tués, dont deux sergents, ainsi que le caporal-clairon Lewis Wayne et un sergent légèrement blessé. Ces attaques sporadiques ont laissé l'Union avec des vivres, des armes et des chevaux en moins, sans oublier une vingtaine de tuniques bleues abattues.
   « Mon général !
   — Oui lieutenant McDowell ?
   — Des éclaireurs m'ont rapporté des faits très intéressants !
   — Qu'en est-il ?
   — Le corps d'armée du général Hooker est en l'air (sans protection) par sa droite, à cinq kilomètres de Chancellorsville.
   — Il faut partir de suite, rejoindre le général en chef Lee et le général Jackson : ils sauront tirer parti de ces informations. »
McDowell et le sergent Garret ont désormais quelques coups de main à leur actif, ils ont quitté la cotonnerie depuis bientôt six mois sans jamais y être retournés. Ils reçoivent tout de même des nouvelles par les contremaîtres

restés sur place, et le lieutenant en reçoit de France, par sa femme. Depuis l'automne 1862, Napoléon III ne se préoccupe plus du tout des intérêts de la Confédération. Jeanne, sa femme, garde espoir et soutient de son mieux la cause du Sud. Elle coule, néanmoins, des jours paisibles chez ses parents. Pour James, il est très réconfortant de savoir sa femme hors d'atteinte. La cotonnerie tient bon. Bien sûr, il a fallu « liquider » quelques esclaves dans leur tentative de fuite, mais les effectifs restent stables et les prix grimpent en flèche avec la pénurie de coton dans toute l'Europe et dans le nord du pays.

Pour ces deux rebelles, la guerre est utile et indispensable. Ils voient les yankees comme des animaux nuisibles prêts à leur voler leur terre.

Les combats de cavalerie sont toujours fulgurants avec peu de résistance en face. Les hommes du 1er de Virginie ne connaissent rien des champs de bataille de l'infanterie et de l'artillerie. Leur compagnie ne déplore que trois pertes, le caporal Lewis, un sergent, et un aide vétérinaire tué d'une balle perdue.

Le 1er de Virginie part à bride abattue le 1er mai vers 17 heures pour rejoindre Lee et Jackson à Chancellorsville.

Nuit du 1er au 2 mai.

Q.G. du commandement sudiste. Général Lee :

« J'ai laissé dix mille hommes pour protéger Fredericksburg sous les ordres de Jubal Early. Je sais que sa hargne et son courage feront des miracles si l'occasion se présente. »

Le général Jackson acquiesce d'un hochement de tête. Le général Stuart fait, à cet instant, son entrée dans la grande tente avec ses précieux renseignements.

« Mon général ! Le flanc droit de Hooker est en l'air !

— Il est peut-être en l'air, mais ils sont soixante-quinze mille et nous ne sommes que quarante-cinq mille, auxquels, il est vrai, on peut ajouter une unité de cavalerie. Bon ! Je connais bien ce général nordiste. Hooker nous a prouvé aujourd'hui qu'il était un piètre joueur de poker ! »

En prononçant ces mots Lee est confiant et son visage s'éclaire d'un sourire malicieux. Le fait que Chancellorsville se tienne au cœur d'une épaisse forêt, lié au fait que les Gris se battent sur leur terrain, est un atout d'une importance cruciale.

Thomas Jackson dit « Stonewall » et Lee échafaudent un plan audacieux, très risqué, mais très payant si…

Ils ont décidé de laisser Lee, sur place, avec quinze mille hommes afin d'affronter le gros des troupes de Hooker ; de faire partir – par un étroit chemin – les trente-cinq mille fantassins et artilleurs restants, accompagnés de Jackson et, surtout, protégés par la cavalerie de Jeb Stuart ; le tout sur une vingtaine de kilomètres, jusqu'au poste d'attaque : l'aile droite de l'armée du Potomac. Cette manœuvre est excessivement périlleuse, car elle étire la colonne de Stonewall sur une très longue distance. Si les nordistes repèrent ce mouvement de troupes, ils peuvent, à tout moment, pulvériser ce mince cordon de soldats. Mais Lee est persuadé qu'il a affaire à un piètre stratège et un piètre commandant.

Le sergent Garret et le lieutenant McDowell font partie de l'avant-garde des cavaliers de Jeb Stuart en ce 2 mai 1863. Ils progressent sans bruit, mais la peur est palpable. À la moindre fausse note, le Sud est perdu !

McDowell a une intuition. Il va prévenir son supérieur direct, le commandant Henry Stam.

« Mon commandant, je pressens un mauvais coup des "Billies[1]" ! Puis-je prendre une trentaine d'hommes et regagner nos lignes arrière ?

— Entendu, lieutenant ! Mais je ne veux aucun bruit !

---

[1] Autre appellation pour nordistes.

— À vos ordres ! »

Avec son petit détachement, l'officier de cavalerie rebelle arrive à point nommé : deux brigades d'infanterie nordistes, sous les ordres du dandy Daniel Sickles, viennent de déclencher une attaque sur la queue de la colonne grise. L'escarmouche est féroce et le sergent Garret faillit bien y laisser le bras gauche. Les sudistes se battent comme des lions, mais curieusement les fédéraux battent en retraite, ils ne veulent pas vraiment en découdre. Ceci inquiète fortement notre lieutenant qui rattrape au galop la tête du convoi et Jeb Stuart en personne.

« Mon général ?

— McDowell ?

— Les Bleus ont attaqué l'arrière-garde de nos lignes, mais sans insistance !

— Les pertes ?

— Presque rien ! Mais pourquoi ont-ils fait volteface ? Ne vont-ils pas informer leur Q.G. et nous submerger par le travers ?

— Peut-être, lieutenant, mais Stonewall sait ce qu'il fait et je lui fais entièrement confiance. »

Hoocker ne dément pas Jackson et, voyant là une fuite de l'armée de Lee en déroute, non seulement il n'attaque pas la colonne, mais il ne prépare pas non plus son armée à un éventuel assaut sudiste.

Les hommes de Stonewall atteignent dans l'après-midi leur point stratégique d'attaque le long de l'aile droite des fédéraux. Vers 17 heures, les Johnnies sortent du bois sur plus de trois kilomètres de large, presque trois brigades, soit trente-cinq mille hommes. Les habits en lambeaux, courant comme des dératés en poussant leurs fameux cris de guerre, ils fondent sur les Bleus médusés. Les yankees tombent comme des quilles. Leurs lignes sont enfoncées sur trois kilomètres. À la nuit tombante, les fédéraux réussissent, enfin, à bloquer le corps d'armée de Jackson.

À Chancellorsville, Lee et ses hommes ont, eux aussi, engagé le combat.

« Estafette !

— Mon lieutenant ?

— Où est donc passé le général Jackson ? s'inquiète McDowell.

— Personne ne le sait mon lieutenant ! »

En fait, l'intrépide Stonewall veut étudier le plan de repli des nordistes. Pour cela, il s'est infiltré au-delà de ses propres lignes, aidé de quelques officiers.

« Sergent ! Sergent ! Les yankees attaquent ! »

Plusieurs tirailleurs sudistes ouvrent le feu sur un petit groupe de cavaliers. Comble de malheur, il ne s'agit pas d'ennemis potentiels, mais de Jackson et de son état-major. Ils ont malencontreusement omis d'informer leurs subordonnés de leurs intentions. En plus de trois officiers tués, Jackson est grièvement blessé au bras gauche. L'un des plus terribles malheurs vient de frapper la Confédération ! Jeb Stuart prend le commandement à la place de « mur de pierre » le 3 mai au matin.

La bataille dure encore deux jours. À Fredericksburg, le général Sedgwick réussit, après trois assauts, à remporter une victoire, à la baïonnette, contre les rebelles du teigneux général Jubal Early à Mary's Heights, à l'endroit même où les troupes de Burnside ont tant souffert en décembre. Le général Lee commence à craindre que les Bleus puissent prendre son armée en tenaille. Pendant ce temps à Chancellorsville, à la suite d'une nouvelle erreur de Hooker, Jeb Stuart fait la liaison avec le reste de l'armée rebelle. Le 4 mai, le général Sedgwick repousse sans difficulté un assaut des Gris, mais il sait que le général Hooker a baissé les bras, et ce, malgré une supériorité de trois contre un. L'armée fédérale piteuse, sous les ordres d'un général en dessous de tout, passe de l'autre côté de la rivière Rappahannock, laissant ainsi le mérite d'une grande victoire à l'armée rebelle. Ce tour de force laisse tout de même treize mille sudistes morts ou portés disparus, soit un cinquième de leurs forces, contre dix-sept mille hommes chez les fédéraux, soit un quinzième des combattants. L'indomptable général Thomas J. Jackson meurt, malheureusement, quelques jours plus tard, non pas de sa blessure, mais des suites d'une pneumonie, ce qui renforce encore les dires du général Lee juste après la blessure de Jackson :

« *Il a perdu son bras gauche, mais moi j'ai perdu mon bras droit.* »

Le 10 mai, au matin, le maître-sellier Zachary Tombs engage la conversation avec ses deux meilleurs frères d'armes, à savoir le lieutenant McDowell et le sergent étendard Nathaniel Garrett, qui se remet complètement de sa blessure au bras. Le ton est mitigé : d'un côté l'impressionnante victoire, et de l'autre, la terrible perte du meilleur général sudiste du conflit, le regretté Jackson Thomas J. dit « Stonewall ». En Virginie, sa terre natale, le deuil est profond. La plupart des hommes sont là pour le dernier hommage rendu à leurs héros.

« Maître Tombs !

— Mon lieutenant !

— Connaissiez-vous Stonewall ?

— De réputation, et je l'avais déjà entraperçu de-ci de-là. Et vous ?

— J'ai eu quelquefois l'honneur de lui parler. C'était un homme droit, sobre, fidèle et très pieux, doublé d'un immense stratège. Il avait invariablement la "forage cap" vissée sur la tête, il ne portait jamais le chapeau et sa barbe était impeccable. »

Nathaniel ajouta :

« Vous savez d'où lui venait son surnom ?

— Non ?

— Cela venait du fait que lorsque ça explosait de partout, et même lorsque ses subordonnés tombaient autour de lui, il restait imperturbable, droit commun un I. Ce n'était ni un excès de courage ni une inconscience des faits, mais il pensait que Dieu avait scellé son destin et que si son heure était venue il ne servait à rien de se terrer comme un lapin. Si le Tout-Puissant avait décidé que son heure avait sonné, alors, comme il disait : "Qu'il en soit ainsi !"

— Il est parti sur la plus belle victoire du Sud ! Que Dieu le garde en sa sainte bonté et protège son âme ! »

Chapitre 11

Tennessee. Armée du Cumberland. Corps du général nordiste Rosecrans. 6e compagnie du 7e régiment de l'Ohio.

11 mai 1863, 8 h.

Charles a bien maigri. Il est décharné, presque osseux, une barbe courte lui dévore les joues. Aucune nouvelle de l'arrière. Le souvenir tendre, mais si douloureux de Mary, l'oisiveté de son corps d'armée, tout le pousse dans le gouffre de l'oubli et de l'autodestruction. Heureusement, il a John et Samuel ainsi que l'entraînement quotidien. Il vit par habitude et un peu par espoir. Samuel et lui ont été décorés après la bataille de la « Stone's River » pour fait d'armes et bravoure. « Où est la bravoure ? » se questionne souvent McAndrew. Ils ont tous deux été promus sergents sans que ce petit événement n'ait d'impact sur les deux hommes. Seul compte le fait qu'ils n'ont plus dix hommes sous leur protection, mais le double, et cela fait beaucoup pour nos deux « morts-vivants ». Les nouvelles de l'écrasante victoire des sudistes à Chancellorsville et de la mort de Stonewall blessent le jeune sergent. La défaite des fédéraux, parce qu'elle est humiliante et très riche en pertes humaines – trente mille morts et disparus – et le décès du général parce qu'il le voyait comme un grand homme prêt à tout pour sauver « ses Virginiens » et mort si stupidement.

Depuis il y a eu la victoire de Champion's Hill remportée par le général nordiste Ulysse Grant près de Vicksburg.

Le statu quo est de mise lorsque les officiers sont convoqués par le général Rosecrans. Quelques heures plus tard, le commandant de notre compagnie nous informe que l'état-major des forces armées fédérales a décidé de scinder l'armée du Cumberland en deux, à la proportion d'un tiers - deux tiers ; de faire lever le camp aux plus petits de deux corps d'armée, et de le faire partir au plus vite rejoindre l'armée du Potomac sous les ordres du général Hooker basé au Maryland. Ma compagnie, ainsi que tout le régiment du premier de l'Ohio, fait partie de ce premier tiers qui doit « décamper » le plus rapidement possible. Après avoir passé tout l'hiver et une bonne partie du printemps à ne rien faire, j'avoue que je suis plutôt content d'avoir à faire cette marche forcée vers nos lignes arrière. Malgré les efforts de chacun, il faut un temps fou pour mettre en branle cette armée composée de : cavaliers, artilleurs, fantassins, hommes du génie, transmissions, sans oublier le corps médical. Nous avons une très longue distance à parcourir et il nous faut impérativement être au Maryland pour la deuxième quinzaine de juin. L'effort demandé est important, mais réalisable. Nous devons parcourir six cents kilomètres en un peu plus d'un mois ; une bonne partie du trajet doit se faire à pied et le reste par voie ferrée, lorsque nous serons sur des zones protégées par l'armée fédérale.

Nous devons traverser le Kentucky, un des États partagés entre le Nord et le Sud, puis, longer le haut de la Virginie en faisant une incursion en Ohio pour atteindre le Maryland, là où nous attend le gros des troupes de l'armée du Potomac.

Durant toute la période d'inactivité, février, mars, avril, Samuel, John, Judith et moi-même avons fondé un petit groupe artistique. Tout a commencé le jour où Samuel a sorti un harmonica de sa poche et a commencé à entonner un petit air du sud. John, qui a une véritable voix de soprano, ainsi que Judith, dont le timbre s'harmonise parfaitement avec celui du petit tambour, ont entonné des chants que j'avais composés pour la circonstance. En plus de cette activité et, il faut bien le dire, afin de ne pas oublier Mary, je me suis essayé au dessin au fusain. Pour ce faire, j'ai échangé un excellent cigare contre quelques feuilles de papier de qualité et trois fusains à un sergent de l'intendance, accro au tabac. Après quelques essais infructueux, j'ai réussi un portrait de ma tendre et douce. Le ton et la noirceur du fusain reproduisent à merveille l'éclat de ses cheveux onyx et la brillance de son regard. Mes compagnons de combat les plus proches me félicitent, quelques sifflets fusent lorsqu'ils voient le résultat final. Moi je ne suis pas satisfait : c'est si loin de la réalité… Néanmoins, je place ce parchemin proprement plié sur mon cœur, sans omettre de le protéger de la pluie et du sang. Je pense, innocemment, pour le cas probable de mon décès que quelqu'un pourra retrouver la femme en question. Pour cette raison et uniquement pour cela, j'ai écrit son nom et son prénom et signé, le plus lisiblement possible, le mien. Tout cela pour qu'elle sache, un jour, que je n'ai jamais cessé de l'aimer. Sur une autre feuille, connue uniquement de moi, j'ai dessiné Mary nue, du mieux possible. Je me suis appliqué sur le galbe parfait de ses seins, le creux de ses reins, la courbe profonde de ses fesses, je n'ai même pas oublié la fameuse petite cicatrice. J'avoue – honteusement – que ce dessin est si ressemblant à Mary, que le soir, des larmes plein les yeux, il m'arrive de me soulager ; c'est intense, mais terriblement frustrant.

John m'a parlé un peu plus de son petit frère et de ses sœurs. Il est vraiment très inquiet pour eux à cause de la violence et de l'alcoolisme de son père, surtout pour Kate : elle a un petit handicap physique, un pied bot, de surcroit elle est maladivement timide. Un matin de février, il m'a fait promettre au cas où : « Tu iras les voir et tu leur remettras ce courrier ! » Il a écrit quelques lignes que personne ne doit lire en dehors de Kate, Sue, Stan et éventuellement leur mère. Je suis très intrigué, je prête serment. Cette lettre est toujours sur moi ; aussi, si je sors vivant de ce foutu merdier et que, par malheur, John ne s'en tire pas, je jure que j'accomplirais ma mission !

Nous prenons enfin la route le 12 mai à 17 heures. Notre première étape consiste à remonter le Tennessee jusqu'au Kentucky et à traverser l'État du sud au nord. Nous marchons tous à pas redoublés, nous n'avons pas grand-chose à craindre depuis que le Kentucky a été sécurisé par la cavalerie fédérale. Ce mouvement de troupes me donne un coup de fouet, je me remets à manger, me rase et fais même quelques exercices afin d'entretenir mes muscles, au cas où les Johnnies nous réserveraient une surprise. Je vais même m'informer des nouvelles du Nord et des combats lors des lectures publiques des journaux fédéraux. Il est assez difficile de se faire une idée de la situation du pays, mais la dernière victoire des hommes de Lee et notre repli précipité vers nos lignes arrière ne présagent rien de bon.

Je me pose de plus en plus de questions sur la légitimité de nos combats. Se bat-on pour l'abolition de l'esclavage ? Ou tout simplement et tout bêtement pour des questions d'ordre économique et social ? J'avoue que je suis perplexe, presque désabusé. Un matin, lors d'une lecture, je fais la connaissance du sergent quartier-maître de compagnie David Lood. Il arbore un drôle d'emblème sur sa forage cap, c'est, apparemment, deux drapeaux entrecroisés.

« Salut ! Tu fais partie de quel corps ?

— Je suis des transmissions.

— Et cela consiste en quoi les transmissions ?

— Notre boulot c'est d'informer l'état-major sur tout ce qui se passe, aussi bien sur la scène des combats que

sur les choix politiques du Président et de son gouvernement. Tu as l'air surpris !

— De quoi disposez-vous pour cela ?

— Nous avons le télégraphe, les sémaphores, les estafettes et même des aérostats !

— Des ballons ?

— Eh oui mon vieux, les aérostiers survolent les
champs de bataille et donnent des indications par séma-
phore à l'artillerie et aux états-majors. Ça t'en bouche un
coin, non !

— Tu sais, pour moi, la guerre se résume à des fantassins, des cavaliers et des artilleurs qui s'emploient tant et
plus à exterminer ceux d'en face !

— C'est vrai que nous ne sommes pas en première
ligne, mais nous ne sommes pas seuls, il y a aussi des
géographes qui établissent les cartes et qui donnent de
précieuses indications pour le positionnement des troupes,
on les reconnaît à leur écusson en forme de bouclier. Et
puis le matériel – tu sais, ceux qui ont une grenade sur le
képi et qui s'occupent des trains d'artillerie, des charrettes,
des outils et même des popotes – sans oublier le génie
avec ses mineurs, ses bûcherons, ses hommes de forces ;
ces bougres-là sont capables de creuser un tunnel, ou
d'élever un ponton, en moins de temps qu'il en faut pour
le dire !

— Je les ai vus à l'œuvre à Fredericksburg !

— Tu y étais ?

— Oui, mais cela n'a pas duré !

— Pas duré ?

— J'ai à peine eu le temps de courir, un obus m'a
stoppé net. Mais tu vois j'ai eu beaucoup de chance, je te
parle alors que je devrais être mort, je suis sûrement un
revenant ! »

Les deux hommes se mettent à rire à pleine gorge. Il est
vrai que la vie ou la mort n'est qu'une question de hasard,

mais ce qui fait rire Charles c'est que, contrairement aux autres, lui voudrait mourir. Mais il ne peut pas en parler avec son interlocuteur, il ne comprendrait pas…

Le 26 mai, nous atteignons, sans encombre, la frontière de l'Ohio. Avec ma compagnie, je n'y suis resté que trois jours. Nous sommes désignés – ainsi que trois autres compagnies –, aidés d'éclaireurs cheyennes, pour faire une reconnaissance de la partie nord-ouest de la Virginie, ceci afin d'évaluer les forces confédérées en présence dans cette partie du territoire. Vu notre petit nombre, moins de trois cents hommes, il n'est pas question de combat, mais de reconnaissance. Nous sommes un groupe d'espions à la solde de l'armée nordiste.

7 juin, au matin, nos éclaireurs reviennent au camp, la mine enjouée et le rire fusant. Comme je m'étonne de cet état de fait, je m'approche de Cheval rouge pour connaître le pourquoi de cette hystérie. Il ne parle pas un mot d'américain, mais ses gestes parlent pour lui. Je comprends qu'il a retrouvé plusieurs éclaireurs apaches de l'armée sudiste pendus à des arbres, et en fort état de décomposition. Les Apaches, au même titre que les Comanches, les Sioux et les Navajos, sont leurs ennemis héréditaires, et je sais que ce qui a amusé le plus Cheval rouge, c'est qu'il avait aidé lui-même ses confrères à pendre ces renégats quelques mois auparavant. Il est évident, mais cela, je le sais déjà, que nos éclaireurs indiens ne se battent pas pour nous, mais contre les autres tribus qui louchent sur leurs terres.

Il ne nous reste plus que deux semaines pour atteindre le Maryland et l'armée du général J. Hooker. Les rapports de nos éclaireurs sont de plus en plus inquiétants. Des groupes de maquisards gris infestent la région ; ses hommes – sans foi ni loi –tuent tout ce qui leur tombe sous la main. Il nous faut donc redoubler de prudence.

Puis…vient le jour funeste du 11 juin 1863, le jour de mes vingt et un ans. Ce jour-là, nous avons perdu Samuel, il a comme disparu. Je commence à craindre le pire. Un soldat de la 3e compagnie l'a vu s'éloigner au matin pour une éventuelle reconnaissance, et depuis… plus rien ! Je suis très angoissé pour mon ami, mon seul vrai ami. Le soir venu, tout devient très clair pour tout le monde, des cris stridents à vous glacer le sang se font entendre. Il n'y a plus aucun doute, les renégats détiennent un des nôtres, probablement Samuel et ils commencent à le torturer. Ils ont eu la chance de mettre la main sur un Noir, sergent de surcroît. Pendant plus d'une demi-heure, nous l'entendons hurler. Il est évident que ces bandits veulent nous attirer à eux afin de nous tendre une embuscade. Mais les ordres sont clairs : espionner et renseigner. Chaque hurlement me fait sursauter, mon cœur bondit, je me sens désespérément impuissant et inutile. De grosses larmes de désespoir et de colère perlent sur mes joues.

À ce moment-là, j'aperçois un étrange personnage, un homme grand, sec, inexpressif. Il a, à ses pieds, un drôle de fusil. Son arme est étonnamment longue et rehaussée d'une lunette de visée. C'est un private de la 2e compagnie de notre régiment. Je ne connais pas son nom, je ne sais qu'une chose, c'est ce qu'il a dit en me regardant droit dans les yeux : « Je vais mettre fin à ses souffrances ». Il épaule son fusil et part droit vers le sud. Quelques minutes plus tard, un coup sec déchire la nuit. Les suppliques se taisent. Lorsqu'il réapparait sur le camp, un silence pesant règne. Il s'assoit en face de moi, prend un quart de café brûlant et me regarde fixement :

« Je crois qu'à présent il est en paix avec lui-même. Il a de la chance, il est désormais auprès de ceux qu'il aime. Ses souffrances terrestres ont enfin pris fin. »

J'aurais dû appuyer moi-même sur la détente, mais mon cœur n'en avait pas la force, et au fond de moi je remercie le ciel de la présence de ce tireur d'élite à mes côtés. Son nom ne quittera plus jamais ma mémoire : il est Horace Hood, le libérateur.

Sans Samuel, tout change. Il n'y a plus de chant, plus de rire. C'est fou, mais on ne s'aperçoit de l'importance d'un être que lorsqu'on l'a perdu à jamais.

Je me sens de plus en plus seul, je m'accroche, malgré moi, à John May. Il n'a que quatre ans et quelques jours de moins que moi, mais je le considère comme un fils et je me promets de le protéger jusqu'à mon dernier souffle.

Nous arrivons le soir du 20 juin – à notre camp de base – à Frederik au Maryland. Au cours de tout notre périple, nous n'avons essuyé, en tout et pour tout, que de brèves escarmouches, hormis l'assassinat de Samuel.

Voilà presque un an que je me bats, et me voici revenu au point de départ, à quelques pas de ma première bataille, à Antietam Creek.

Le 28 juin, vers midi, nous apprenons avec satisfaction que le général Hooker vient d'être destitué par Lincoln et remplacé à la tête de l'armée du Potomac par le général George Gordon Meade. Hooker a honteusement perdu à Chancellorsville et il n'est plus du tout adulé par ses hommes, son éviction est un véritable soulagement.

Les derniers jours de juin…

Il y a une forte effervescence. Des éclaireurs et des courriers n'en finissent plus d'arriver de partout. Ils signalent tous la même chose : c'est à peine croyable, mais les troupes du général Lee se précipitent – à un train d'enfer – vers le nord, contournant notre armée et se dirigeant droit vers la Pennsylvanie. Le général en chef confédéré vient apparemment d'adopter une stratégie vieille comme le monde : la meilleure défense reste l'attaque. Le 29 juin, dans l'après-midi, nous quittons précipitamment notre campement de base, tous parés pour le combat, avec pour seul mot d'ordre : « rattraper et anéantir l'armée sudiste ».

Chapitre 12

Gettysburg, 3 juillet 1863.

13 heures.

Depuis presque trois jours, la bataille fait rage, une bataille terrible, meurtrière.

Nous arrivons les derniers, mais nous sommes projetés immédiatement au cœur des combats. La configuration des lieux me fait fortement penser à la bataille de Fredericksburg et, à son tristement célèbre mur de pierre, mais cette fois les rôles sont inversés. De notre côté, l'infanterie bleue est retranchée derrière de bonnes fortifications. Sur la gauche, le général en chef a disposé un régiment du Vermont ainsi qu'un régiment new-yorkais. Quant à notre régiment, le 7e de l'Ohio, il est dispatché le long des sous-bois sur la droite. Ma compagnie fait face au 3e régiment d'infanterie du Vermont. Nous sommes étalés sur plusieurs centaines de mètres en longueur et nous avons pour mission – en cas d'une attaque des rebelles – de tirer, en oblique, sur les flancs confédérés. J'ai pris soin d'étaler et de protéger du mieux possible la vingtaine de fantassins dont j'ai la responsabilité, sans omettre de cacher – du mieux possible – mon petit frère d'armes, le jeune John. Nous avons tous du coton dans nos poches, heureusement, car durant deux heures pleines, nous sommes au cœur d'un combat d'artillerie d'une extrême violence. Il règne dans l'air une suffocante odeur de poudre et il est très difficile de voir devant soi à cause d'une épaisse fumée qui nous pique les yeux. À 15 heures tapantes, les bruits s'essoufflent et il me semble bien que les nordistes ne tirent plus. Au loin et face à notre muraille se fait entendre le chant de plusieurs clairons et tambours. Une véritable vague grise composée d'au moins trois brigades déferle à découvert. Mais, le rusé général Henri J. Hunt, chef de l'artillerie, sous les ordres duquel sert mon ami le sergent major Kent Fessenden, fait ouvrir le feu sur la horde confédérée. Il avait volontairement suspendu les canonnades afin de faire croire à l'ennemi que ses pièces étaient détruites. De nombreux soldats sont touchés et les hommes du dandy général Pickett commencent à tapisser le sol du champ de bataille de leur sang.

L'ennemi étant hors de portée de nos fusils, nous n'avons toujours pas ouvert le feu lorsque j'entends, venant de derrière, des bruits de chevaux au galop. Nous sommes attaqués par un groupe de cavaliers qui – visiblement – vient déjà de combattre. Ne pensant qu'à sauver le jeune tambour, je me précipite au-devant d'eux. Tout se passe très vite : les coups de fusil, la chute mortelle de plusieurs cavaliers, les hurlements de mes fantassins touchés à mort. Je suis accroupi sur le sol lorsqu'un sergent, tombé de sa monture, se jette sur moi, la pointe de son drapeau visant mon cœur. Il a une blessure profonde au front qui saigne abondamment. En tentant un geste d'esquive, je réussi à éviter le pire, mais la pointe acérée de son étendard pénètre profondément la jointure de mon genou droit, m'arrachant un terrible hurlement de douleur. Lorsqu'il tente de réitérer son geste pour m'achever, je lui transperce la gorge avec ma baïonnette. Sa bouche est grande ouverte, mais l'air ne passe plus, de grosses bulles noirâtres s'échappent de la plaie et il s'effondre sur moi.

À ce moment-là, je vois un lieutenant de 1er régiment de Virginie. Ses yeux sont comme hagards. Il a, contrairement aux habitudes des sudistes, le sabre au clair. Il se dirige droit sur mon protégé. Le jeune John est blotti contre un arbre, tenant son tambour serré sur son cœur, incapable du moindre geste. Avec la pointe enfoncée dans mon genou et le corps du mort qui pèse de tout son poids sur ma jambe, j'ai beaucoup de difficultés à me retourner. Dans un sursaut, je réussi à épauler mon arme, mais la transpiration rend la visée difficile. Hélas ! J'hésite. J'ai le cavalier dans ma ligne de mire avant qu'il n'atteigne mon frère d'armes. J'hésite parce que je n'ai, à ce jour, jamais tiré dans le dos d'un homme, j'ai toujours fait face à l'ennemi. Mais il s'agit de John. Je prends sur moi et je tire. L'officier confédéré a eu le temps d'abaisser son sabre : une grosse tache rouge apparaît au bas des reins du cavalier, qui est, littéralement, expulsé de sa monture. John reste figé, il essaye de retenir, avec sa main, le sang qui s'échappe de son cou.

« John !... John !… » Je veux crier, mais ma voix reste coincée dans ma gorge. Son corps a glissé le long de l'arbre. Il est assis, ses yeux semblent froids et vides. Il essaye de m'appeler et je vois ses lèvres bouger ; de grosses larmes coulent sur ses joues. En tombant sur moi, le porte-étendard confédéré a brisé la hampe du drapeau juste sous la pointe. Je saisi le manche en bois et, malgré ma position inconfortable, je parviens à me traîner sur le dos avec ma canne improvisée. Je mets un temps fou pour atteindre le corps du jeune tambour. Il s'échappe de sa gorge une sorte de clapotis douloureux et sinistre. Ma jambe me fait terriblement souffrir, mais j'essaye, avec mes faibles moyens, de retenir la vie dans le corps de cet enfant. Je ne cesse de répéter : « Il ne fait que jouer du tambour… c'est un enfant... il n'a pas d'arme... il ne joue que du tambour... c'est un enfant... mon Dieu sauvez-le... ayez pitié... ce n'est qu'un enfant... sauvez-le... » Pour conserver sa chaleur, j'enveloppe son petit corps dans la toile du drapeau sudiste. Je me blottis contre lui pour le réchauffer. Je suis dans un état second, le désespoir et la souffrance me saoulent comme un vieux whisky à tel point que je ne ressens plus rien. Tout en restant conscient, je m'endors, là, en espérant ne plus avoir à me réveiller.

4 juillet, 8 heures.

Malheureusement pour moi, les combats ont pris fin pendant la nuit du 3 au 4 juillet. L'armée de Lee, en déroute, tente de regagner le sud du pays.

Une averse bienfaisante me réveille. La douleur de ma blessure m'empêche de replonger, je ne sais plus si c'est un rêve, si je suis au paradis où en enfer, bref si je suis mort ou vivant lorsque j'entends des voix. Ce sont les hommes de corvée d'inhumation, les fameux nécrophages. Je les vois fouiller les corps, déshabiller les cadavres, voler tout ce qui est revendable. Ils ne m'ont même pas remarqué, je ne les appelle même pas. Un sergent qui les accompagne s'approche de moi. À son uniforme, je comprends que l'armée fédérale a gagné la bataille. Il voit mes yeux grands ouverts, il pointe un doigt sur moi en criant :

« Il vit ! Il y en a un là ! Hé ! Vous autres, appelez les brancardiers ! »

Je suis, désormais, vraiment réveillé et désespérément en vie. Lorsque les infirmiers veulent m'emmener, je refuse d'abandonner John. Je suis tellement crispé sur son bras qu'ils se décident à nous emmener tous deux, unis, surtout que mon frère d'armes a pour linceul les couleurs des rebelles, et que sans savoir ce qui s'est réellement passé, personne n'oserait toucher cette prise de guerre si symbolique. Durant une partie du trajet, je rabâche sans cesse : « Il faut enterrer ce courageux petit soldat avec tous les honneurs dus à son sacrifice. »

5 juillet, Barnum médical. Camp retranché des lignes arrière de Gettysburg.

J'ai beaucoup de difficultés à ouvrir les yeux, une fois de plus je suis allongé dans un lit blanc à l'intérieur de ce qui me semble être une tente d'infirmerie. Il y a beaucoup d'animation parce qu'il y a beaucoup de blessés. Mon regard flou est attiré par une silhouette blanche. Je n'en crois pas mes yeux : une femme me tourne le dos ! Je vois juste des mèches brunes déborder de sa coiffe en arrière. Mon cœur ne fait qu'un bon. Elle doit le pressentir, car elle se retourne immédiatement. Ce n'est pas Mary, et lorsque je commence à émerger je constate qu'il n'y a pas une, ni deux, mais des dizaines d'infirmières. La brune qui m'a vu rouvrir les yeux va chercher précipitamment un chirurgien. L'homme m'observe et me sourit :

« Bonjour Charles !

— Major ?

— Tu ne me reconnais pas ?

— L'Antietam !

— Eh oui Charles ! Comme tu vois, je te suis comme ton ombre, et à chaque fois je recolle les morceaux !

— C'était vous aussi à Fredericksburg ?

— Oui Charles, j'y étais aussi ! »

Le visage du major s'assombrit tout à coup.

« Qu'y a-t-il, major ? ose Charles.

— Te rappelles-tu quelque chose ?

— Vous voulez parler de la bataille ?

— Oui Charles ! Et surtout de ta blessure !

— Ma jambe ! »

Je soulève les draps et constate avec satisfaction qu'elles sont toujours en nombre pair.

« Elle est toujours là, mais...

— Mais quoi ?

— Elle est raide, Charles.

— Comment raide ?

— Tu étais très gravement touché, mais heureusement la plaie n'était pas infectée, je t'ai évité la gangrène et l'amputation.

— Mais alors ?

— Ta rotule ne fonctionnera plus. J'ai donné à ta jambe une très légère pliure afin que la marche ne soit pas trop invalidante, mais à partir d'aujourd'hui, Charles, il te faudra une canne. »

Je suis bouche bée et je n'arrive plus à contenir mes larmes. Je touche et retouche ma jambe, je me pince, je me frappe sur le tibia : je souffre ! Elle n'est pas insensible ; je n'arrive pas à comprendre qu'elle refuse de se plier ! Je refoule la triste évidence, je suis venu dans cet enfer pour y trouver la mort, mais je suis toujours vivant, et infirme de surcroît. Je ne sais plus si je dois embrasser ce toubib où le maudire jusqu'à la fin de mes jours. Je pensais rester entier ou perdre mes jambes, mais cette éventualité d'un membre vivant qui refuse de m'obéir me perturbe énormément ? Je suis perdu !

« Major, je ne sais toujours pas votre nom ? dis-je pour cacher mon désespoir.

— Irvin, major Irvin Jacob. »

Il me tend la main en cachant son émotion, il sait que je suis en train de traverser un véritable cauchemar.

« Charles, lorsque vous vous sentirez un peu mieux vous me le ferez savoir, le colonel Van Bustel à des choses importantes à vous dire.

— Est-ce que John a été enterré décemment ?

— Oui. Il a eu droit à tous les honneurs. Il repose en paix à quelques pas d'ici. »

J'aimerais bien continuer notre conversation, mais j'en suis incapable. Je suis bouleversé par mon état.

Durant les semaines suivantes…

Je m'habitue à marcher avec ma jambe morte, j'apprends bon nombre de choses sur la bataille de Gettysburg. Tout avait failli basculer et très mal se passer pour les fédéraux. Le vieux renard de général Lee avait échafaudé un plan tripartite : dans un premier temps, le général Ewell devait harceler notre flanc gauche, suivi d'une percée de la cavalerie de Jeb Stuart sur nos lignes arrière, la troisième phase étant la fameuse charge des trois brigades du général George Pickett. Malheureusement pour le Sud et heureusement pour nous, les tuniques bleues s'étaient très bien comportées sur la gauche, mettant ainsi en échec les brigades du général Richard Ewell. Quant à la fameuse cavalerie tant redoutée du Virginien Stuart, elle avait été vaincue à cinq kilomètres de Gettysburg par la cavalerie de Gregg. L'un des officiers du général nordiste n'était autre qu'un homme qui allait se rendre tristement célèbre par la suite, le général Custer.

Les cavaliers qui nous avaient chargés étaient les reliquats d'une compagnie qui venait de livrer bataille contre les hommes de Custer. J'ai même appris par hasard le nom des deux confédérés que j'avais abattus : le sergent porte-étendard Natanhiel Garret et un certain lieutenant McDowell. Ces deux hommes faisaient partie du 1er régiment de cavalerie de Virginie, qui était l'unité principale du général Stuart, et la plus crainte de nos hommes.

Je peux désormais tenir debout, je ne cesse de questionner les infirmières :

« Vous connaissez Mary ? Avez-vous croisé une Mary ? Une petite femme pas plus grande que cela avec des cheveux et des yeux très noirs et la peau très blanche ? »

Malheureusement pour moi, la réponse reste toujours la même : « Désolé ! Je ne la connais pas. »

Mary est devenue un petit fantôme. Dans les moments de doute, je me demande si j'ai bien vécu cette histoire, si je n'ai pas – tout simplement – rêvé. Dans ces instants douloureux, je ressors les dessins au fusain de ma douce et tendre, je contemple ce visage et ce corps si parfait, je pleure en silence. Malheureusement pour moi, seul Dieu sait si elle est encore en vie et où elle se trouve.

Le mois de juillet est très riche en événements ; la plupart sont heureux pour le Nord, mais, durant ce mois estival, on déplore aussi des incidents tragiques. La nouvelle de la déroute de l'armée du général Lee à Gettysburg se répand comme une vraie traînée de poudre. En un temps record, tous les habitants du Mississippi apprennent la défaite et les rebelles épuisés qui défendaient Vicksburg cèdent la place aux hommes du général Grant. Nous sommes le 4 juillet, jour de l'Indépendance.

Le 9 juillet, les survivants confédérés, affamés et fourbus, se rendent au général Banks et à l'amiral Farragut. Port Hudson est tombé et le Mississippi est désormais sous la coupe fédérale. De plus, depuis la défaite des Gris à Gettysburg, la France et l'Angleterre ont définitivement retiré leur promesse d'appui à la Confédération.

Une semaine plus tard…

De nombreux vétérans arrivent à expiration de leur contrat de trois ans avec l'armée, et, si beaucoup d'hommes rempilent, il faut bien renouveler la moitié des effectifs. Les officiers orienteurs écument tous les États du Nord à la recherche de chair fraîche. Le tirage au sort de la conscription est injuste, de plus les riches peuvent se faire remplacer moyennant finance. Dans les villes les plus pauvres, cette solution pour lever des armées est détestée. Le 13 septembre, les recruteurs sont à Manhattan, en plein cœur de New York, ville pauvre parmi les plus pauvres. Ce jour-là, des émeutes éclatent. Les soldats en poste, qui sont présents pour que la conscription se passe sans encombre, répriment très férocement cette révolte, tuant une centaine d'individus. La plupart d'entre eux ne sont que de pauvres bougres, ils refusent d'abandonner leur femme et leurs enfants pour aller se battre, se battre pour une cause qu'ils ne cautionnent pas. Si le père part au combat, cela signifie la famine, la misère, voire la mort, pour les membres de la famille restants.

Durant deux terribles journées, l'armée fédérale a essayé sa nouvelle arme, extrêmement meurtrière, la mitrailleuse à manivelle Gatling. Hélas ! Au lieu de tirer sur l'ennemi, elle a fait ses premiers essais sur les nôtres.

La guerre prend une autre forme, la nouvelle carabine à répétition Spencer des cavaliers bleus à Gettysburg a déjà fait des malheurs.

Durant l'été, je déambule avec mes béquilles plusieurs heures par jour, je souffre toujours au niveau de ma cicatrice et mes chairs qui se resserrent, me torturent en permanence. Je reprends quand même des forces jour après jour. Ma tempe gauche a encore plus blanchi pendant Gettysburg, cela fait comme un trait de farine qui part de mon oreille et qui descend jusqu'à la base de mon cou. C'est dû, aux dires des médecins, à une grosse frayeur, comment ne pas être effrayé au cœur d'une tuerie ?! Moi, je suis persuadé que la mort de John en est la raison !

Je ne reçois toujours aucune nouvelle de l'Illinois, du Michigan ou d'Irlande. J'écris régulièrement à mamie May, mais je ne reçois plus de réponse. Mon seul moment de détente je le passe en écoutant les lectures publiques des journaux fédéraux. Nombreux sont les hommes qui ne savent ni lire ni écrire, ils me tiennent compagnie durant ces heures d'écoute. Certains, parmi eux, reçoivent des lettres d'amis ou de parents. Elles sont presque indéchiffrables, mais j'essaye quand même de les décortiquer. Les rictus de joie lorsqu'ils apprennent une naissance ou un mariage me comblent de plaisir. J'ai le sentiment étrange d'être une sorte de bienfaiteur et leur bonheur me fait du bien. Ils comblent un peu le grand vide de mon existence.

Je me suis fait plusieurs amies parmi les nombreuses infirmières volontaires et certaines sont vraiment très désirables, mais Mary est omniprésente en mon cœur et j'espère toujours la retrouver. Alors je réfrène mes pulsions et ressors mes croquis. Les femmes s'investissent de plus en plus dans le domaine médical et quelques femmes médecins commencent à faire leur apparition. Les chirurgiens ne revendiquent aucune chirurgienne, mais peut-être que ce sera pour bientôt. Lors des premiers jours de septembre, j'abandonne mes béquilles et je fais mes premiers pas à l'aide d'une canne étrange et hautement symbolique. Un soldat menuisier du génie et abolitionniste confirmé était de corvée d'inhumation le 4 juillet, il était parmi ceux qui m'avaient secouru et emporté avec John. Cet homme a cru que le petit tambour était mon frère et mon obstination à ne pas vouloir lâcher son pauvre petit corps l'avait bouleversé. Lorsque nos brancardiers improvisés nous ont déposés sur le sol de l'infirmerie, ce même soldat du génie a retiré la hampe du drapeau que je tenais toujours. Apprenant que j'avais survécu à ma blessure, il a décidé de me confectionner une canne avec le reste du bois. Il s'est appliqué à travailler la hampe du drapeau confédéré, celui-là même qui était la cause indirecte de la mort de John et la cause directe de mon infirmité. Je trouve très ironique que cette moitié d'arme qui a causé tant de souffrances soit désormais obligée de me maintenir debout aujourd'hui et *ad vitam aeternam*. J'aime cette canne. Elle est très bien sculptée, avec son pommeau en cuivre jaune façonné dans une douille d'obus. Juste en dessous, cet homme a gravé le nom de John, le mien et l'inscription : « 4 juillet Gettysburg ».

Cet « outil » indispensable me permet de ne jamais oublier le prix de mon hésitation. Il est pour moi l'image même de ma guerre.

Le 7 septembre, je me décide, enfin, à connaître le sort qui m'est réservé. Je me dirige, d'un pas aussi droit que possible, vers la tente d'état-major de mon régiment et pénètre à l'intérieur – sans permission – en claquant un garde à vous très assuré :

« Sergent McAndrew au rapport ! À vos ordres mon colonel !

— Sergent ? ! »

À l'intérieur de la tente se tiennent quatre officiers qui discutent, à bâton rompu, autour d'une table sur laquelle siège une carte de la Virginie. Le colonel fort irrité leur fait un signe de tête pour les prier de sortir.

« Et la voie hiérarchique qu'en faites-vous McAndrew ? !

— Pardonnez-moi mon colonel, mais l'attente est trop difficile, je veux savoir ! »

Au vu de mon état, je sais bien que pour moi les combats sont finis, mais je veux absolument savoir ce que le haut commandement a décidé et ce qu'il compte faire d'un éclopé.

« Puisque vous avez outrepassé vos droits, mais que vous êtes là, je peux vous dire ce que vous voulez savoir. J'ai de bonnes nouvelles à vous annoncer sergent ! En premier lieu, sachez que vous allez être décoré pour fait d'armes ! Vous avez abattu l'un des officiers les plus coriaces du général Stuart et vous avez, de surcroît, subtilisé les couleurs à l'ennemi. »

Je sais qu'en fait une seule chose m'a guidé, préserver la vie du jeune tambour, et j'ai – de ce fait – sauvé la mienne. Je crois bon d'ajouter une remarque :

« Et le jeune John ?

— L'état-major y a pensé. Il sera également décoré, à titre posthume. Deusio, le général Meade m'a prié de vous élever au grade de sergent major ! »

Cette deuxième décision qui me laisse aussi perplexe que la première me trouble profondément. Je ne prends pas un galon, mais quatre d'un seul et même coup, tout cela cache quelque chose. Le colonel remarque mon étonnement et il ajoute :

« Pour vous la guerre est finie ! Vous pourrez rentrer bientôt dans votre foyer !

— Non, mon colonel !

— Comment cela non ? Que voulez-vous que l'on fasse d'un…

— D'un éclopé ?

— Soyez réaliste Charles ! Vous ne pouvez plus combattre et je n'ai aucun emploi pour un homme…

— Mon colonel, j'ai appris que le sergent major fourrier McNil est gravement malade !

— Malade ! Non sergent, il n'est plus malade. Ce vieil alcoolique est mort la semaine dernière, le whisky a fini par avoir raison de lui !

— Je vous en prie, mon colonel, donnez-moi son poste ! Je vais avoir le grade requis et je sais de quoi un combattant a besoin au front !

— Mais vous n'avez pas les compétences !

— Mon père tient une fabrique de chaussures et je l'aidais souvent avant le conflit ! »

Je mens. Mon paternel ne m'aurait même pas permis de m'asseoir dans son fauteuil, mais il me faut absolument le convaincre.

« Je vais voir ce que je peux faire. Mais j'avoue que vous m'étonnez, tous vos frères de combat n'auraient pas hésité, ils seraient tous rentrés chez eux et en courant ! »

Je ne peux pas lui expliquer que je n'ai plus de chez moi depuis août 1862.

Chapitre 13

Je prends mon nouveau poste le 1er octobre. Je suis le sergent major fourrier du 7e régiment de l'Ohio. Mon surnom au sein du corps d'armée fait vite le tour du campement : « trois pattes ». Il n'est pas cruel, plutôt familier. Les hommes savent que j'ai refusé de retrouver la vie civile, ils savent aussi que je suis de leur côté et que je suis toujours l'un des leurs. D'autres me surnomment « le boulanger » à cause de ma mèche blanche ; rien de vexant dans tout cela, au contraire : ils pensent tous que je ferai mon possible pour leur apporter un maximum de confort vestimentaire.

Pour le moment, je me heurte à des problèmes impensables. Il faut dire que l'intendance est très corrompue et que bon nombre de gradés touchent des dessous-de-table. Au final les combattants en font les frais : demipaquetage, brodequins usagés en lieu et place des neuf, veste manquante, gilet absent, vareuse inexistante, etc. Mon principal souci n'est autre que mon supérieur direct, le lieutenant Rufus Reynolds. Il est au sommet de la pyramide du trafic. N'ayant jamais combattu, il a une sainte horreur des hommes comme moi et mon zèle à remettre de l'ordre dans tout cela va finir par se payer.

Heureusement pour moi mes « exploits » au front me valent un respect quotidien et profond de la part des hommes du rang, des sous-officiers et de quelques officiers intègres comme le chirurgien major.

J'use aussi du bon vieux troc, une boîte de cigares contre trois pantalons, du chocolat contre des chaussettes, et bien d'autres choses encore. Le stock de vêtements neufs et propres se reconstitue – jour après jour – et je suis très largement payé par le petit sourire des soldats qui repartent les mains pleines.

Un matin de fin novembre...

J'écoute les nouvelles lors de la lecture publique quotidienne et le conteur de corvée énonce les nouvelles :

« *Fin novembre, l'armée fédérale, sous les ordres du général Sherman, a libéré les hommes assiégés à Chattanooga. Les rebelles ont massivement abandonné la place. L'armée de Lee est en déroute !* »

En septembre, le général Rosecrans a évacué les rebelles du sud-est du Tennessee et Burnside a pris Knoxville. Mais, à Chickamauga, le général confédéré Bragg, aidé de Leonidas Polk et de Longstreet a percé les lignes yankees et chassé les Bleus vers Chattanooga où l'armée s'est installée, subissant ainsi le siège par l'armée grise. À cause de ce retournement de situation, le général Rosecrans fut remplacé par Thomas le 23 octobre, comme suite aux ordres du président Lincoln qui décida, également, de créer la division du Mississippi, sous les ordres du général Grant. Cette division fut constituée de dix-sept mille hommes de l'armée du Tennessee sous Sherman, de vingt mille soldats de l'armée du Potomac sous Hooker et de trente-cinq mille fantassins de l'armée du Cumberland sous les ordres de Thomas. Grâce à cette nouvelle force fédérale, les yankees réussirent à créer un axe de ravitaillement le 29 octobre et délogèrent les rebelles les 24 et 25 novembre, libérant, ainsi, leurs frères d'armes à Chattanooga.

Depuis ce jour, le moral dans le sud est au plus bas. Le Nord flaire une éventuelle victoire prochaine, moi, je repense sans cesse à l'allocution du président Lincoln, lors de l'inauguration d'un cimetière national à Gettysburg, le 19 novembre 1863. À cette occasion John avait été réinhumé, c'était extrêmement émouvant :

« Quatre-vingt-sept ans se sont écoulés depuis que nos pères ont donné naissance sur ce continent à une nouvelle nation conçue dans la liberté et vouée à l'idée que tous les hommes sont créés égaux. Aujourd'hui, nous sommes engagés dans une grande guerre civile mettant à l'épreuve pour notre nation, pour toute nation fondée dans ces conditions, la possibilité de durer. Nous sommes ici réunis sur un des grands champs de bataille de cette guerre. Nous sommes venus pour consacrer une partie de ce sol comme dernière demeure à ceux qui donnèrent leur vie afin que cette nation pût vivre. Cela s'imposait à nous comme une chose convenable et juste. Mais en un sens plus large, nous ne pouvons pas dédier – nous ne pouvons pas consacrer –, nous ne pouvons pas sanctifier ce sol. Morts ou vivants, les hommes courageux qui luttèrent ici lui ont donné une consécration bien plus haute ; pas plus que de les diminuer, notre faible pouvoir ne nous permet pas de les grandir. Ce que nous disons ici, le monde ne le remarquera guère ni ne s'en souviendra longtemps, mais ce qu'ils y firent, il ne pourra jamais l'oublier. À nous les vivants, il incombe plutôt de nous vouer à la grande œuvre inachevée que ces combattants ont si noblement commencée. À nous plutôt de nous consacrer à la grande tâche restant devant nous : que dans l'exemple de ces morts honorés nous puisions un dévouement accru à cette cause pour laquelle ils donnèrent l'extrême mesure du dévouement ; que nous prenions hautement ici la résolution que ces morts ne seront pas morts en vain ; que cette nation, sous le regard de Dieu, connaîtra une nouvelle naissance de la liberté ; et que le gouvernement du peuple, par le peuple, pour le peuple, ne disparaîtra jamais de la terre. »

Ce discours résonne souvent dans ma tête, il donne un sens à ma lutte, à mes combats. J'y pense encore en retournant à mon baraquement lorsqu'ils me tombent dessus. Ils sont quatre, armés de manches de pioche. Ils ne m'invectivent pas. Ils me frappent sans un mot. Je me mets immédiatement en boule pour protéger ma tête, mais mes bras et ma jambe gauche me font déjà terriblement souffrir. Ils n'ont – apparemment – pas reçu l'ordre de me tuer, seulement de me blesser et surtout de me faire peur. Mon bras gauche doit être cassé et ma jambe gauche n'en est pas loin. Ils stoppent subitement leur bastonnade. Je n'entends presque plus rien et je ne peux plus bouger. J'entrevois l'un d'entre eux, il s'approche de moi ; il se penche au-dessus de mon oreille :

« Si tu veux vivre, oublie le lieutenant Reynolds. »

Peu de temps après, plusieurs brancardiers viennent me chercher. Ils me font délicatement glisser sur une civière et me transportent jusqu'à l'infirmerie. Je suis salement amoché, mais toujours conscient, et je me jure que je ne me laisserai pas intimider par ces malfrats, quitte à y laisser la vie. Au cœur de la souffrance, je me promets, dès que mon état le permettra, de rendre une petite visite de courtoisie au lieutenant Reynolds.

Une fois de plus, c'est le major Jacob qui s'occupe de moi. En me voyant dans ce triste état il ne peut pas s'empêcher de dire :

« Encore toi ! »

J'aimerais bien lui sourire, mais la douleur est trop vive et je fais un effort surhumain pour ne pas tomber dans les pommes.

Au petit matin, je me réveille une nouvelle fois à l'infirmerie régimentaire. Il ne faut qu'un long repos à ma jambe gauche, mais mon bras gauche est entravé par des atèles, les manches de pioche me l'ont bien cassé. Le major vient me voir lors de sa tournée matinale, il m'apporte, par là même, des nouvelles de mon agression. Alors que je me croyais seul, un homme avait assisté à mon matraquage, un sergent de la 3ᵉ compagnie. Il a reconnu trois des quatre soldats. Il a prévenu aussitôt le médecin présent ; c'est ainsi que les infirmiers se sont immédiatement portés à mon secours.

Les fantassins en question ont été arrêtés à l'aube, et il a fallu très peu de temps et quelques questions pour connaître le nom du commanditaire. Les deux secondes classes, le caporal et le sergent concernés devront passer en conseil de guerre. Pour ce qui est du lieutenant, grade oblige, il sera muté sous peu dans l'armée du Tennessee.

« Tu vois Charles, il ne voulait pas combattre, il va être servi !

— Ce que je vois surtout, major, c'est que sous couvert de son rang il va éviter la cour martiale. Mais je dois avouer que son sort me réjouit : peut-être que les tueries vont lui apprendre à vivre ! Au fait, major, qu'est devenue ma canne ?

— Ne t'inquiète pas, ils ne l'ont pas touchée. Elle est trop lourde de symboles pour un combattant. Elle est avec tes affaires, je te la ferai apporter demain. »

Je suis soulagé d'apprendre que mon objet fétiche est resté intact.

Mon envie d'explication avec mon supérieur et mon besoin de vengeance se sont évanouis, tués dans l'œuf. J'espère au plus profond de moi que son successeur sera, lui, à la hauteur de sa tâche.

Je passe une bonne partie de l'hiver à me rétablir. Ma jambe droite étant raide je ne peux guère compter sur elle pour soulager la gauche, très fortement contusionnée. Mes atèles sont devenus inutiles, mais il faudra un bon nombre d'heures de rééducation pour pouvoir me servir à nouveau correctement de mon avant-bras. Ma santé ne m'empêche nullement de continuer, au mieux, mon travail de fourrier.

Tout le monde sait que l'on m'a roué de coups fin novembre et tous veulent s'assurer de mon état de santé. Aussi, que ce soit à l'infirmerie ou dans mes quartiers, les visites sont légion. Non que ces hommes m'adulent, mais parce qu'ils ont peur de perdre un allié. Il y a tout de même parmi eux des êtres sincères, pour qui la corruption est le ver dans le fruit, pour qui l'honnêteté et le dévouement sont de vraies valeurs et qui souffrent de l'arrivisme de certains. Ceux-là me témoignent leur gratitude par une tasse de café, un peu de chique ou un petit cigare.

Chapitre 14

Nous sommes au début du printemps, le Congrès réhabilite l'ancien grade de lieutenant-général, grade que George Washington a été le dernier à porter. Le président Lincoln nomme le général Grant lieutenant-général des armées.

La première décision de Grant : nommer William T. Sherman à la tête de l'infanterie et Philip Sheridan aux commandes de la cavalerie. Son intention est de former un seul grand corps d'armée et que Shcridan, Sherman et lui-même travaillent toujours de concert.

Au début du mois d'avril, il se produit un événement fâcheux pour l'armée du Potomac. De nombreux vétérans arrivent au terme de leur contrat : presque cinquante pour cent des hommes doivent être démobilisés, les nouvelles recrues sont souvent des sans foi ni loi, des voleurs qui se dérobent à la première occasion. Heureusement pour Grant, une partie – non négligeable – de ses soldats, aguerris au combat, refusent de retourner dans leurs foyers.

Début du mois de mai…

L'armée fédérale n'a, à son compte, qu'une défaite en Louisiane. Le général politique Banks a échoué, dès lors le général Sherman entame sa campagne de la Wilderness.

Celle-ci débute le 5 mai, quasiment au même endroit où est tombé le général Tomas Jackson, un an auparavant. Le général Longstreet commence par laminer les troupes bleues, mais au cours de la bataille il est blessé par l'un de ses propres hommes.

À cet instant précis la guerre prend un nouveau tournant. D'habitude, l'armée qui perd se replie pour panser ses plaies et le vainqueur simule une poursuite qui tourne court : la victoire est bien là, mais il n'y a pas de jusqu'au-boutisme. Sherman est d'une autre trempe. Il fait d'abord esquisser à ses hommes un mouvement de recul, mais au lieu de se diriger ensuite vers le nord, ces hommes foncent droit vers le sud. Il n'est plus question de reculer : il faut vaincre ou mourir.

Mon régiment fait partie de cette campagne. Malgré le fait qu'ils vont au-devant de la mort, les fantassins chantent. Pour la première fois depuis le début du conflit, ils vont résolument de l'avant.

Deuxième semaine de mai, à Spotsylvania, à quinze kilomètres de Chancellorsville...

Il se déroule l'une des batailles les plus féroces du conflit. Au lieu-dit « l'Angle sanglant » a lieu le combat le plus atroce depuis le début des hostilités. Pendant presque dix-huit heures, les Gris et les Bleus s'entretuent avec un acharnement hors du commun. Même mortellement blessés, les combattants frappent l'ennemi à coups de baïonnette, à travers des rondins de bois, tout le long de la tranchée rebelle. Pendant la nuit, Lee ordonne à ses hommes de reculer et de se repositionner huit cents mètres plus loin.

Je me souviendrai longtemps du visage de cet homme qui était de corvée d'inhumation le lendemain matin. Son regard exprimait une sorte de terreur et de profond abattement. Après quelques verres de rhum, il me raconte comment il a aidé à extraire cent cinquante corps de confédérés entassés les uns sur les autres, et cela sur plusieurs mètres de profondeur. À la fin de son récit, il ne peut s'empêcher de vomir. Je suis malheureusement habitué à ce genre d'horreur, mais si je n'ai pas la nausée comme lui, tout ceci me conforte dans mon idée que l'homme n'est rien d'autre qu'un prédateur avide de sang et de gloire.

L'armée fédérale conforte son implantation en Virginie, mais à quel prix : durant les deux premières semaines de mai, nous perdons trente-deux mille hommes, tués ou portés disparus ; les rebelles, eux, ne déplorent que la moitié de ces pertes. Le 11 du même mois, Sheridan et ses cavaliers se battent à Yellow Tavern à dix kilomètres de Richmond. Au cours de cette bataille, Jeb Stuart est tué, un an et un jour après Stonewall.

Le 31 mai, Philip Sheridan prend Cold Harbor. En un mois, l'Union perd quarante-quatre mille hommes pour vingt-cinq mille chez les rebelles.

Sur le plan humain, pour nous c'est un désastre, mais, il faut bien l'avouer, stratégiquement parlant la réussite est totale.

Le moral des sécessionnistes est au plus bas et le 3 juin le général Ewell qui est extrêmement dépressif est remplacé par le teigneux Jubal Early. Ce même jour, le général Grant ordonne une attaque des tranchées sudistes. Malheureusement, cet assaut se solde par un échec cuisant et sept mille morts de notre côté. À la suite de cette nouvelle hécatombe, le général en chef des armées, Ulysse Grant, ordonne un arrêt des combats, déclarant que ces tranchées sont imprenables.

Été 1864, il y a de multiples mouvements de troupes. Sheridan affronte la cavalerie du Carolinien du Sud Wade Hampton, les 11 et 12 juin, à Trevilian Station : il y a vingt pour cent de perte de part et d'autre. Les 12 et 13 juin, l'armée du Potomac prend Cold Harbor situé à quatorze kilomètres de Richmond. Sherman et ses hommes s'enfoncent de cent trente kilomètres en Géorgie, repoussant devant eux les fantassins du général Johnston.

L'armée d'« Oncle Billy » est formée de l'armée du Cumberland sous les ordres de George Tomas avec soixante mille hommes, de l'armée du Tennessee sous le général James McPherson et ses vingt-cinq mille fantassins, et enfin l'armée d'Ohio commandée par George Schofield et ses treize mille soldats. Le général Sherman s'approche dangereusement d'Atlanta lorsque le général Lee prend la décision de remplacer l'attentiste Johnson, qui est taxé de couardise alors qu'il essayait tout simplement de mettre au point une stratégie : attirer à lui le flot bleu pour mieux le prendre en tenaille, puisqu'à un moment quelconque, la fuite en avant des yankees les aurait coupés de leur axe de ravitaillement. À sa place, il établit le très agressif et très fougueux John Bell Hood.

À la même époque, l'intrépide général de cavalerie confédéré Bedford Forrest, homme coriace et cruel, sème la terreur au Mississippi par des actions brèves, mais extrêmement meurtrières. Il est déjà réputé pour ne pas faire de prisonnier et surtout pas les hommes de couleur. Grant veut absolument l'anéantir. Pour ce faire, il envoie une expédition de quatorze mille fédéraux. Enfin, le 14 juillet à Tupelo, au Mississippi, les nordistes remportent une belle victoire. Bedford Forest est blessé et mis définitivement hors d'état de nuire.

En deux mois de campagne, les Bleus ne sont plus qu'à trente kilomètres de la capitale géorgienne. Davis s'inquiète de la situation et prend la décision malheureuse d'envoyer à la rescousse des hommes de Hood, le général sudiste Bragg, le général le plus critiqué du moment.

Vers la fin du mois de juillet, Hood se frotte à Thomas ; premier échec. Le 21, il affronte les hommes de McPherson : les pertes pour le sud sont catastrophiques. Malheureusement pour nous, le général McPherson, qui s'est un peu trop enfoncé dans les lignes ennemies, est pris ; comme il refuse de se rendre, il est abattu sur son cheval.

À la mi-août Atlanta n'est toujours pas prise, mais Hood a sacrifié quinze mille de ses hommes.

La confédération ne peut pas se permettre un tel gâchis.

Je suis tous les événements depuis l'arrière des lignes de l'armée du Potomac, sous les ordres des généraux Meade et Hooker. Nous sommes très près de Petersburg en Virginie, là où les tranchées et le fort sudiste ont mis un frein à l'ardeur de Grant.

Je suis désormais complètement guéri, je suis plutôt en assez bonne santé et, depuis ma mésaventure de novembre, plus personne ne m'a menacé, pas même injurié. J'ai une paix royale et les mains libres pour accomplir pleinement ma tâche. Je n'ai toujours pas noué d'amitié très profonde, mais je me sens nettement moins seul que durant ma période de combat.

Mary ne quitte ni mon cœur ni mon esprit, elle est pleinement en moi et j'espère toujours. Je questionne les infirmières et les médecins nouvellement arrivés. Un jour de juillet, Alice Robson, une femme médecin a fait son apparition sur le campement. J'ai su, au hasard d'une rencontre, qu'elle était originaire de Peoria en Illinois.

« Bonjour sergent-major McAndrew !

— Bonjour doc !

— Votre bras vous fait-il encore souffrir ?

— Non. Ma jambe gauche non plus, mais la cicatrice de ma jambe droite me brûle et me démange souvent.

— C'est normal, et à chaque changement de temps il en sera ainsi. Elle vous servira de baromètre toute votre vie. »

Je lui pose la question traditionnelle :

« Vous ne connaissez pas une infirmière du nom de Mary O'Sullivan ?

— Vous avez dit Mary O'Sullivan ?

— Oui !

— De quelle ville est-elle ?

— De Peoria en Illinois !

— Ce nom me dit quelque chose… attendez… oui ! J'ai croisé une jeune O'Sullivan, une infirmière, je suis moi aussi de Peoria et avant de venir au front j'étais en poste à l'hôpital central de la ville.

— Vous l'avez croisée quand ?

— Cela remonte à février ou mars 1863. »

Je suis fou de joie, je sais désormais que Mary est en vie et à l'arrière.

« Je me souviens bien d'elle parce qu'elle était malade, rien de grave, mais, elle vomissait souvent et elle a dû arrêter de panser pour se soigner. »

Je suis de nouveau inquiet, mais au moins elle vit. J'essaye d'en savoir plus, mais en dehors de la description physique qui me confirme qu'il s'agit bien de Mary, la toubib n'a plus d'autre information.

Mon caractère s'en ressent très positivement. Je n'ai plus beaucoup de risque de mourir au combat, je pense pouvoir la retrouver après la guerre et je la sais en sécurité.

Les hommes viennent souvent me parler. Je leur remonte le moral, on chante souvent ensemble et je fais des prouesses impensables pour améliorer leur quotidien. Mis à part les armes et les cartouches, les hommes manquent de tout et surtout de bonne nourriture. La corruption atteint des sommets dans ce domaine et, en plus des vêtements, je troque du pain, du café et des sucreries. Je suis devenu fourrier-cuistot.

Je vais envoyer un courrier à Mary à l'adresse de cet hôpital, je verrai bien...

Juillet...

Early attaque Washington. La ville est très bien fortifiée et le sixième corps d'armée est arrivé à temps, mais les confédérés viennent de montrer de quoi ils sont encore capables.

Le 30 du même mois, les Johnnies brûlent Chambersburg en Pennsylvanie. Grant, hors de lui, ordonne à Sheridan d'anéantir Jubal Early.

À Petersburg, la situation n'a guère changé, mais le 30 juillet le colonel du génie Henry Pleasants du 48e de Pennsylvanie, sous les ordres du général Burnside, met un plan à exécution. Ses hommes ont creusé un tunnel sous le fort sudiste, un tunnel de cent soixante-dix mètres de long avec, au bout, quatre tonnes de poudre. Et... BOUM !!

Il fait exploser le tout, créant un cratère de soixante mètres de long sur vingt mètres de large et dix de haut, enterrant ainsi, tout un régiment entier ainsi qu'une batterie d'artillerie. Cette explosion doit être suivie d'une charge des fédéraux, mais les hommes qui foncent droit devant eux ce jour-là ne sont pas triés sur le volet, et, à la première riposte des Gris c'est une lamentable débandade.

En août, les marins de l'amiral Farragut prennent trois forts. Mais les succès militaires du Nord ne sont toujours pas décisifs. À tel point que Lincoln accepte l'idée d'un traité de paix avec Jefferson Davis, le président de la Confédération. Les sudistes refusent catégoriquement de parler d'abolitionnisme ; devant cette obstination, le Nord réfute le traité.

Durant les mois de septembre et octobre, notre armée fait terriblement souffrir les rebelles.

Le 2 septembre, Sherman chasse Hood d'Atlanta et prend la ville. Le 19, c'est au tour de Sheridan de mettre en déroute les hommes d'Early à Winchester. Quant à Grant, il prend un fort à dix kilomètres de Richmond.

Le 7 octobre, Sheridan rase la vallée de la Shenandoah depuis Winchester jusqu'à Staunton.

Les 18 et 19 octobre, Early chasse les tuniques bleues, mais Sheridan, de retour, exhorte ses hommes, il contre-attaque et écrase la résistance grise.

Tout va pour le mieux pour l'armée fédérale en cette fin d'année 1864, mais dans les territoires partagés il y a des exactions terribles. Des bandes de maquisards sévissent dans plusieurs États comme le Missouri et le Kansas. Au Missouri des abolitionnistes de la première heure, mais qui n'ont pas rejoint l'armée fédérale, tuent des rebelles égarés – même des civils accusés d'avoir aidé l'ennemi. Ils volent et pillent les fermiers, dévastent tout sur leur passage.

Au Kansas c'est pire : des hommes sans foi ni loi comme les frères James ou les frères Younger massacrent, au nom de la cause sudiste, des soldats désarmés qui rentrent en permission, des civils, hommes, femmes, et même des enfants. Ils ne font aucun prisonnier. Ils brûlent les fermes, raflant tout ce qui peut l'être. Ils affectionnent aussi les banques nordistes. Fort heureusement, le plus important chef de ces pseudo maquisards, un dénommé Quantrill, est abattu par un détachement de l'armée fédérale alors qu'il avait pour projet l'assassinat du président Lincoln et qu'il remontait vers le nord.

Le belliqueux général Hood aidé de quelque quarante mille hommes prend le contrôle des voies ferrées jusqu'à Chattanooga. Grant, excédé par cet homme, ordonne à Sherman de le poursuivre jusqu'à son anéantissement.

Le 15 novembre, une semaine après les élections et le nouveau mandat du président Lincoln, le général Sherman positionne le général Thomas et ses soixante mille hommes au Tennessee.

Son armée quitte Atlanta à la poursuite de Hood qui fuit vers l'Alabama.

Le rusé général nordiste stoppe sa poursuite et décide de traverser la Géorgie afin d'atteindre la mer. Cette manœuvre a pour but de briser le moral de l'armée rebelle et de prouver au général Lee que rien ne peut – désormais – l'arrêter. Les hauts dirigeants du Nord s'en inquiètent, surtout que le général Hood passe de l'Alabama au Tennessee avec pour but de remonter vers le nord.

Les événements du mois de décembre donnent une fois de plus raison au farouche yankee. Vers le 11 décembre, les hommes de Hood et la cavalerie de Forrest se heurtent aux hommes de Thomas et Schofield à Nashville au Tennessee. C'est une véritable déroute pour l'armée rebelle ; les lambeaux de l'armée du belliqueux général se regroupent vers Tupelo au Mississippi : ils ne sont plus que vingt mille, la moitié des hommes ont péri.

À peu près à la même période Savannah capitule sous la pression des hommes de Sherman. L'économie du Sud tombe très bas, à l'opposé du moral des nordistes.

Sherman permet à ses hommes de détruire tout ce qu'il faut détruire et de rafler tout ce qui est bon à prendre. Les hommes ont le ventre plein et un moral d'acier, la machine de guerre fédérale est en marche et l'on peut commencer à croire à une fin imminente du conflit.

Je suis ce corps d'armée. Je prends pleinement conscience de l'impact et de l'importance de cette marche vers l'océan. Je crois, au fond de moi, que ce Noël sera le dernier de cette foutue guerre !

Les derniers jours de 1864 sont assez calmes. Le temps est doux, surtout dans cette partie de la Géorgie et nous n'avons aucun souci pour trouver de la nourriture abondante pour les fêtes de fin d'année.

Janvier 1865.

La nouvelle année commence comme 1864 a fini. L'amiral David D. Porter et ses soixante navires de guerre, aidé des six mille cinq cents fantassins et fusiliers marins du général Alfred Terry, prennent, après de lourdes pertes, le fort Fisher, le fort le plus coriace des Gris, brisant encore plus le moral des rebelles. Wilmington est coupé de la mer et la Caroline du Nord commence à tomber.

Le 13 du même mois, Hood démissionne après ses échecs contre Thomas.

Au début du mois de février, Sherman et ses hommes entreprennent une marche très difficile de six cent quatre-vingts kilomètres, entre Savannah et Goldsboro en Caroline du Nord. Le 16, ils font un mouvement en Y, lors de la traversée de la Caroline du Sud, menaçant d'un côté Charleston et d'un autre Augusta, deux points stratégiques de l'État, mais le but n'est autre que Colombia, la capitale. Devant ce rouleau compresseur bleu, les trois villes tombent de concert. Le 17 février, la capitale du premier État à avoir fait sécession est littéralement rasée par les Billies qui font chèrement payer leur désir d'indépendance à des habitants hébétés et dépités.

Début mars...

En dehors de la Virginie et des tranchées de Petersburg, seuls l'Alabama et la Caroline du Nord résistent toujours.

Nouveau malheur pour les Johnnies : le général Canby remonte l'Alabama par le sud pour gagner Mobile, la capitale ; simultanément, le jeune général James H. Wilson, à la tête de la cavalerie, fonce droit sur l'ancienne première ville de l'État : Montgomery. Wilson écrase Forest et prend la ville.

En Caroline, Sherman rejoint Goldsboro et écrase la résistance rebelle. Il stoppe ses hommes à quelques kilomètres de Raleigh, la capitale.

Tout va vraiment très vite, l'étau se resserre autour de Petersburg et le général Lee commence à croire que la fin de la Confédération est proche ; mais il garde une dernière carte en main...

15 mars 1863...

Durant toute la fin de l'hiver et le début du printemps, je suis l'armée de Sherman. Je suis avec l'intendance et l'état-major, à l'arrière des combats. Nous ne cessons de progresser et l'ennemi recule d'heure en heure. Je vois les scènes les plus affligeantes et les plus nauséeuses de cette guerre. Les champs de bataille ne sont plus « nettoyés » et, par endroits, il n'est plus question de morts, mais d'une sorte de bouillie de corps. L'air est chargé des effluves putrides de la décomposition des cadavres.

Je repense souvent aux paroles du major Fessenden lorsque je traverse les lignes de l'artillerie confédérée. Les pauvres types sont littéralement encastrés sous leur canon, leurs membres dispersés aux quatre vents, parfois il est même difficile de discerner l'homme de la machine. À d'autres endroits, les Johnnies ont construit des tranchées aujourd'hui abandonnées, elles sont le siège de scènes cauchemardesques : des cavaliers bleus et leur monture sont embrochés sur des pals, des pieux effilés et à peine camouflés par des branchages. Redoutables armes défensives que cette forêt de pics !

Tous ces tableaux crus et d'une intense horreur sont vraiment dignes de l'enfer.

Vus de cette façon, les rebelles me paraissent nettement moins dangereux que dans mes souvenirs de combats. J'ai pitié de ces pauvres bougres, le peu de sudistes vivants que je rencontre ne sont que de pauvres hères, blessés, fourbus, décharnés, cadavériques. Il faut dire que les « rafleurs » de Sherman ne font pas le moindre cadeau, pillant et tuant tout ce qui peut l'être. Ces hommes ont reçu l'ordre de saper le moral de tous les habitants du sud, et ils prennent leur rôle très au sérieux.

Une fois l'océan atteint, nous repartons, après une courte pause, vers le nord et la Caroline du Sud. Mêmes scènes de dévastation, même terreur. Les heures noires de la rébellion approchent à grands pas.

Le 13 mars, les dirigeants sécessionnistes proposent l'enrôlement des Noirs comme dernière extrémité. Ironie du sort, seul l'État de Virginie ratifie cet accord. Pour moi, c'est vraiment le monde à l'envers, mais rien ne m'étonne plus dans cet étrange conflit.

Mois de mars 1865, Ulysse Grant veut attaquer les tranchées de Petersburg sans attendre Sherman, qui arrive de Caroline du Nord. Cinquante mille sudistes font face aux cent vingt mille fédéraux bien armés, bien nourris et résolus à en finir. Dans la nuit du 24 au 25 du même mois, les « Rebs[1] » ont employé une vieille stratégie, les « faux déserteurs ». Les soldats gagnent les lignes ennemies sans arme en déclarant leur allégeance aux Billies. Une fois dans la place, ils se retournent contre les Bleus profitant de l'effet de surprise. Mais les hommes de Grant se ressaisissent rapidement et, lors d'une terrible contre-attaque, mettent hors de combat cinq mille Gris en ne perdant que deux mille âmes. C'est un nouveau désastre pour la cause des hommes de Lee. Le grand général confédéré fait à cet instant sa seule erreur du conflit ; il décide de quitter les tranchées de Petersburg et de rejoindre les vingt mille soldats du général Johnston. Grant n'espérait que cela…

29 mars, Sheridan et ses cavaliers se frottent aux cavaliers rebelles à seize kilomètres au sud-ouest de Petersburg, le général sudiste George Pickett, le dandy de Gettysburg, aidé de ses deux divisions, prêtent main-forte à la cavalerie ; mais l'infanterie yankee menée par K. Warren conjuguée aux fusils à tir rapide des hommes de Sheridan stoppent net les derniers soubresauts rebelles.

2 avril, les cavaliers fédéraux prennent la voie ferrée devant Petersburg et Richmond tombe.

Le 3, Grant et le président Lincoln entrent de concert dans Petersburg sous les vivats du peuple. Les Noirs en

---

[1] Autre appellation pour sudistes.

larmes se prosternent et acclament leur libérateur. La joie est sans limites, du moins c'est ce que nous rapportent les multiples messagers.

Lee et ses trente-cinq mille derniers combattants se stabilisent à cinquante-six kilomètres des tranchées aujourd'hui aux mains de l'ennemi, à Amelia Courthouse.

Le 6, l'armée bleue fait six mille prisonniers.

Le 7, Grant fait passer un billet à travers les lignes, sommant Lee de se rendre et sans condition.

Le 8, les deux principaux généraux nordistes, Grant et Meade, sont accablés, l'un par une terrible migraine et l'autre par de fortes nausées.

Le 9 au matin, il y a encore un combat de cavalerie près d'Appomattox Court House, mais Lee fait porter un message à son grand ennemi, un billet stipulant sa capitulation, et par la même, la reddition irréversible du Sud.

Par la suite, nous apprenons que le bouillant et fier général confédéré a refusé, contre l'avis de ses subordonnés, de demander à ses hommes de se disperser afin de créer des groupes de maquisards qui pourraient continuer la lutte en harcelant les flancs ennemis. Il ne voulait surtout pas attirer les yankees sur des terres encore non foulées et semer – par la même – la terreur et la mort là où les fédéraux n'avaient pas encore mis les pieds.

C'est ainsi que le 9 avril 1865, dans le salon d'une maison virginienne, le petit homme simple, fils d'un tailleur de l'Illinois, Ulysse Grant, dicte au très grand et très noble général Lee, fils d'une des plus grandes familles de l'État – vêtu en uniforme d'apparat – les termes d'une complète et irréversible reddition des armées de la Confédération.

Chapitre 15

Le 10 avril, la guerre est finie. La nouvelle fait le tour de tous les États. Il y a des scènes de liesses et de beuveries interminables. Les chemins s'encombrent d'hommes, Gris et Bleus mélangés. Nombreux sont ceux qui s'empressent de retrouver les leurs.

Quelques groupes de soldats rebelles redoutables et redoutés continuent néanmoins le combat, c'est une des raisons qui fait que notre démobilisation n'est pas encore pour demain.

Au camp, la fête bat son plein et les gradés ferment les yeux sur quelques débordements. Quant à moi, je suis assez mitigé, je suis heureux que cette tuerie prenne fin, mais je ressens en même temps un sentiment profond d'inutilité. C'est triste à dire, mais cette guerre donnait un sens à ma vie et ici je me sentais vraiment utile. Ma seule véritable satisfaction me vient côté cœur, je vais bientôt pouvoir rechercher Mary

J'ai au moins un but, mais que faire de mes dix doigts et de ma « patte folle » ? L'enrôlement dans la future armée fédérale des États enfin unis ? C'est hors de question. La politique concernant les territoires indiens m'écœure et je n'ai nullement l'intention de prêter, de près ou de loin, mon concours aux voleurs de terre sanguinaires comme Custer et bien d'autres…

Souvent, je me fais un bilan de ces trois années de guerre, mais, mis à part ma tendre Mary, mes preux compagnons de tuerie tombés au combat ; en dehors de l'amitié du major Jacob et du sergent major Kent Fessenden, tous deux rescapés et entiers, il ne me reste que des images terribles d'hommes agonisants, de corps désarticulés, de rivières de sang et d'amas de tripailles. Mon nez et ma tête entière sont imprégnés de ces odeurs de soufre, de poudre, de sang frais et de chairs putréfiées.

Combien de croix, combien de cercueils et de larmes cette incommensurable tuerie dénombre-t-elle ?

Trop d'horreurs pour un si maigre bilan ! L'émancipation des esclaves n'est qu'à ses balbutiements, le Sud est dévasté, les veuves et les orphelins sont légion. Il faut même construire des institutions pour les enfants esseulés. Ce sont eux et toujours eux les plus grandes victimes de ces guerres !

La nuit, toutes ces abominations se transforment en cauchemars et je sursaute en me réveillant. Je suis – à chaque fois – en nage, tremblant, pris de nausées ; mes cicatrices me tiraillent, la peur, l'écœurement et la douleur me paralysent, j'ai toutes les peines du monde à ralentir les battements de mon cœur... mais je me reprends toujours et, ne pouvant pas retrouver le sommeil, je sors de mes quartiers.

J'observe la lune, les étoiles et j'écoute les bruits de la forêt. Je suis, comme je l'ai rarement été, en communion avec la nature, en paix avec moi-même.

Le 19 avril, dix jours seulement après la fin des hostilités, une terrible nouvelle glace le campement tout entier et au-delà tout le nord du pays : un inconnu, un certain Wilkes Booth, vient d'assassiner notre Président Abraham Lincoln.

Cet homme est mort quelques jours plus tard dans l'incendie d'une maison.

Mai 1865...

Depuis le début du mois de mai, il ne se passe plus grand-chose. Jour après jour, je prépare mon paquetage. Comme je suis fourrier, je me suis constitué trois ensembles civils et quatre uniformes complets, trois pour le quotidien au baraquement et un pour le jour du départ ; ce dernier est rutilant, je sais qu'il me sera utile pour obtenir certaines choses qui ne sont pas encore de mise.

En attendant ce jour, je ressors ma plume. Nous distrayons les hommes par des chansons, tantôt romantiques, tantôt poétiques ou patriotiques : Judith fait vibrer sa jolie voix de soprano et nous avons, à présent, un véritable orchestre. Tout est calme et les cicatrices, pourtant fraîches, s'adoucissent petit à petit.

Andrew Johnson est notre nouveau président, républicain évidemment.

Le fameux jour, tant espéré par la grande majorité des soldats, sonne enfin. On nous apprend que la démobilisation finale est décrétée. Nous sommes le 24 mai 1865.

Chapitre 16

Le major ainsi que le sergent major sont restés sous les drapeaux, leur vie est là. Judith est partie avec un groupe d'itinérants, elle n'a plus de parents, elle est heureuse comme cela, sans attache.

Je prends soin de noter l'adresse de mes deux amis, je ramasse mon paquetage et direction Peoria en Illinois. Mon but avoué est bien sûr de retrouver Mary. Je ne pense pas qu'elle puisse toujours être amoureuse de moi, mais je veux au moins m'assurer qu'elle est en bonne santé et, peut-être aussi, connaître les raisons de sa fuite si soudaine en 1863.

Quitter le camp est plus difficile que je ne le pensais. Je laisse derrière moi des êtres chers, des femmes et des hommes qui m'apprécient pour ce que je suis. Là-haut, vers le nord, il en sera tout autrement. Je pense que l'uniforme et les breloques m'aideront à ouvrir quelques portes. Symboliquement, je quitte la Virginie le 11 juin, jour de mes vingt-trois ans. Je n'ai sur moi que quelque argent et une valise simple contenant mes ensembles et mon journal de bord, journal où j'ai tout consigné, le tout accompagné de mon incontournable canne. Le train n'a jamais autant fonctionné, les wagons débordent d'hommes et de marchandises. Tous ces convois se croisent à la frontière du sud et du nord. Ce voyage est très pittoresque et très coloré. Je constate, ce jour, que tout peut voyager : hommes, bêtes, batterie de cuisine, chaises, tables et tant d'autres choses encore. L'été bat son plein avec un peu d'avance, mon uniforme me tient chaud, mais je dois avouer que ce soleil donne du baume au cœur à tout le monde. Ma jambe douloureuse que je ne peux pas étendre correctement me gâche un peu le plaisir et je souffle quelque peu en posant mes bottes à la gare, au centre de Peoria, le 13 juin 1865. Ma première étape, l'hôpital central, à quelques pas de là.

Il y a bien dans leur listing une Mary O'Sullivan, mais depuis juin 1863 plus aucune trace. Je remue ciel et terre, mais rien de nouveau depuis ma conversation avec Alice Robson, le médecin de Petersburg. Les archives militaires ne m'apprennent rien de plus.

Ultime solution, l'hôtel de ville.

La femme présente ce jour-là au bureau des états civils me réserve un chaleureux accueil. Elle aime visiblement l'uniforme et ma canne l'intrigue beaucoup. Elle propose de m'aider à compulser certains dossiers si je lui raconte l'histoire de ma si étrange « jambe de bois ». À la fin de mon récit que je raccourcis au maximum l'employée verse de grosses larmes sincères, se mouche discrètement et m'invite à la suivre. Les registres sont soigneusement rangés sur des étagères, un par année. Je n'ai aucun problème pour retrouver la trace de Mary. Son acte de naissance est très lisible et la femme me donne sans difficulté l'adresse de sa mère. Elle est née au 15 Maine street et doit toujours y séjourner. Je dépose un gros bisou sur le front de ma collaboratrice d'un jour, je sors en courant de l'édifice et hèle un fiacre.

« 15 Maine street, s'il-vous-plaît ! »

Le cocher doit saisir l'urgence de l'affaire, car son cheval part comme une flèche et semble ne plus toucher terre. Dix minutes plus tard, il stoppe son équipage devant une coquette maison blanche joliment décorée.

« Vous y êtes ! »

Je le paye grassement, et subitement je me mets à trembler de partout. Que vais-je lui dire ? Et ma jambe ?

Mes cheveux blancs ? Je ne sais même pas à quoi je ressemble. Je ne me suis pas vu devant une glace depuis au moins six mois ! Je repère un petit saloon sur la droite, pénètre franchement à l'intérieur et commande une bière. Je sais que tous ces établissements disposent d'une glace en arrière-plan. En me voyant, je suis parcouru de frissons. Le barbier qui me rasait au camp moyennant quelques pence ne m'a pas prévenu, mais mon visage est creusé, mes traits sont très marqués, mon regard semble dur et mélancolique. En un mot, je suis quelque peu effrayant. Pourtant je suis presque devant les portes de mon paradis et je jubile intérieurement. De toute façon, ce mort-vivant – face à cette glace – c'est bel et bien moi.

Quelques instants après, je suis devant la porte blanche. Je fais claquer le heurtoir. Une femme sans âge, petite et ronde, m'ouvre. Je crois qu'il s'agit de la bonne.

« Bonjour madame, puis-je parler à Madame O'Sullivan ?

— Madame O'Sullivan ? »

La petite femme plisse ses yeux et elle retire son pince-nez.

« Je comprends ! Vous recherchez les anciens propriétaires ! Mais entrez donc ! »

Je suis K.O. La charmante dame me prie de m'asseoir. Elle m'apporte du café brûlant.

« Je suis Victoria Bells, j'ai acheté cette maison en 1863 à trois femmes, les O'Sullivan mère et filles.

— Savez-vous où elles se sont retirées ? »

Ma voix doit chevroter, je ne peux presque plus parler. Mon interlocutrice s'en aperçoit, elle marque un temps d'arrêt avant d'ajouter :

« Hélas non ! Elles étaient très pressées de vendre, il me semble que la maman venait d'obtenir un poste dans un cabinet d'avocats de l'Est et que l'une de ses filles était malade, elle était très pâle. Peut-être même était-ce la vraie raison de leur départ. Elles n'ont pas discuté le prix, elles avaient vraiment hâte de quitter l'État. »

Je suis bouleversé, aphone, livide. La dame digne me regarde avec tristesse et murmure : « La jeune femme malade ?... »

Mes larmes répondent pour moi, je lui fais signe que je ne peux plus ni parler ni rester. Je la remercie d'un vague signe de la main. J'ai l'impression que l'air ne passe plus dans mes poumons. Après d'interminables minutes, je reprends conscience et je me mets à questionner les voisins, hélas, sans succès. L'Est c'est très vaste, trop vaste. Il me faut me résigner. C'est le jour le plus terrible de ma vie.

Chapitre 17

Que faire ? Où aller ? Je ne vois qu'une seule solution possible, Flint dans le Michigan et tante Rosa. Je reprends le train, le cœur brisé, sans savoir pourquoi je me tourne vers ma tante. Je suis mon instinct et je ne veux surtout pas retourner en Illinois, où de toute façon, personne ne m'attend.

Je suis à présent vraiment au nord du pays, les voitures voyageurs sont nettement moins chargées et de nombreux hommes d'affaires remplacent mes fermiers du 11 juin, entre Richmond et Peoria.

Dans mon compartiment, je suis le seul homme en uniforme. Le regard des femmes est complaisant, voire attendri, mais les hommes font des réflexions à haute voix.

« Perdre une jambe pour des Nègres quel gâchis !

— Avec leurs galons, ils se prennent pour des dieux !

— Si vous voulez prendre vingt ans en cinq annuités, c'est pas difficile, engagez-vous ! »

Les femmes soupirent et donnent dans le : « chut... chut... »

Je prends sur moi, mais je ne peux m'empêcher de leur répondre :

« Moi, messieurs, je préférais les confédérés à des gens comme vous. Leurs armes n'étaient pas des langues de vipère, ils nous cherchaient querelle pour de nobles causes comme : sauver leur famille et leur terre. Tout votre argent, vos grands airs et vos monstrueux cigares n'auraient pu les corrompre. Vous n'auriez pas survécu plus d'une journée dans cet enfer, et vous, vos traits n'auraient pas pris vingt ans pendant cette foutue guerre, les « Rebs » ne vous en auraient pas laissé le temps ! Aujourd'hui, vous mangeriez les pissenlits par la racine ! »

Un des deux hommes quitte précipitamment le compartiment visiblement très fâché, le deuxième ainsi que les femmes baissent les yeux. Dans le coin droit entre la banquette et la fenêtre, un petit être tassé se redresse en partant d'un rire suraigu. Il est habillé de simples vêtements civils, mais sur son cœur siègent plusieurs médailles que je reconnais du premier coup d'œil. Il n'a plus de main gauche depuis l'Antietam et septembre 1862, ce qui stoppa net sa collaboration avec l'armée fédérale. Nous conversons jusqu'à Flint sur tout et sur rien. Il m'avoue que depuis son retour à la vie civile il n'a reçu aucune aide de qui que ce soit et que sans son patron, un ancien sous-officier du 3e de l'Indiana, il en serait encore à mendier sa pitance. Il me confirme ce que j'ai appris pendant mes trois années de guerre : au combat nos frères d'armes portent bien leur nom, nous sommes même plus que cela, nous sommes les pièces d'un puzzle et nous formons un tout. Seul un combattant peut comprendre cela. Les liens qui se tissent entre les soldats lors d'une charge à la baïonnette n'ont rien de comparable sur cette terre.

Le voyage me paraît vraiment court et la petite gare de Flint, annoncée par l'employé des chemins de fer, met un terme à notre échange. Je quitte mon partenaire de tuerie dans l'urgence non sans avoir échangé une accolade fraternelle.

La petite ville du Michigan n'a pas changé. Je retrouve quelques sensations d'avant 1862, de l'été 1861 plus exactement. Le chemin jusque chez tante Rosa est long, mais je décide de faire la route à pied. Ma tante est mon dernier espoir et je ne veux pas gâcher trop vite cette ultime chance. De plus, je veux faire le point sur mes dernières soixante-douze heures. Je ne peux pas croire que Mary soit perdue pour moi, pour toujours. Je n'ose y penser de peur de perdre pied et de songer à accélérer ma fin. Je focalise, malgré moi, mon intention sur Rosa : son absence de nouvelles depuis quatre ans et son évidente indifférence à mon sort me laissent perplexe. Plus je réfléchis et plus je doute du bien-fondé de mes intentions, mais je n'ai guère le choix.

Je ressasse le pour et le contre lorsqu'elle m'apparaît. Ce n'est plus une maison, mais une véritable demeure. Les transformations sont impressionnantes, il y a désormais : une véranda, des statues, un grand bassin. Le portail me paraît immense, tout est d'un blanc immaculé, c'est grandiose !

À cet instant, je suis persuadé que je vais me retrouver dans la même situation qu'à Peoria. J'ai l'intime conviction que Rosa est – elle aussi – partie vivre loin, j'éprouve le sentiment profond que la situation m'échappe et que tous et toutes me fuient. Je ressens un profond abattement, un abandon total. Fort de cette quasi-certitude, je vais d'un pas très assuré, n'ayant vraiment plus rien à perdre, toquer à l'immense porte ivoire. Quelques secondes plus tard, le portail s'ouvre dans un interminable cliquetis de serrure, une femme d'une cinquantaine d'années, d'origine hispanique apparaît dans l'entrebâillement, elle porte la tenue classique des gens de maison.

« Monsieur ?

— Bonjour madame !

— Nous ne faisons pas la charité, me dit-elle sobrement. »

Je ne percute pas de suite.

« Non, non ! Je ne suis pas un mendiant, je suis un parent de Mme…

La bonne paraît stupéfaite.

— Vous… vous êtes ?

171

— Charles ! Charles McAndrew. »

Derrière elle, j'entends claquer des talons.

« Qui est-ce Dolorès ?

— Un certain Charles, madame ! Un soldat. »

Comme dans un rêve ma tante m'apparaît. Elle a de légères ridules au coin des yeux, mais elle rayonne. Elle est magnifiquement vêtue. À cet instant, je ne peux toujours pas percevoir sa réaction. Elle demande à sa domestique de me faire entrer et la congédie. Je me retrouve seul avec elle. Je me sens mis à nu, décortiqué par ses immenses yeux bleus. Elle attend que son employée soit hors de portée, puis elle se précipite sur moi, me serre à m'en étouffer. Je tends mes lèvres pour baiser sa joue, mais elle prend mon visage entre ses mains et me donne un baiser fougueux, profond, intense, ses yeux clos laissent échapper un véritable flot de larmes.

Je lui rends son baiser sans y mettre tout mon cœur, je ne comprends pas.

Les femmes me stupéfient par leurs réactions et leur comportement. Comment interpréter ce brusque revirement ? Je suis une nouvelle fois bouleversé. Rosa ressent ma surprise. Elle desserre son étreinte, recule assez brutalement. Je perds un peu l'équilibre : ma jambe droite n'est plus soutenue par ma canne, qui est tombée dans le mouvement. Nous nous observons sans dire un mot pendant un laps de temps qui me paraît interminable. Afin de rompre ce pesant silence je lui demande, tout en ramassant mon objet fétiche :

« Tu as fait des transformations ? »

Elle semble se décontracter un petit peu.

« Tu as remarqué ? me dit-elle, voyant que je n'ai pas mal pris son étrange comportement.

— Oui ! Le bassin est superbe et j'ai l'impression que votre maison a triplé de volume. »

Elle a un léger rire contenu.

« Oui, c'est vrai, en deux ans il y a eu beaucoup de transformations.

— Et mon oncle approuve ? dis-je. »

Son visage s'éclaircit d'un sourire forcé.

« Je n'en sais rien ! Il m'a quittée en mars 1863 pour une de nos clientes. C'est ironique n'est-ce pas ? Il était toujours parti à droite et à gauche, il avait de multiples aventures et il a trouvé ici, dans ce magasin, une femme de quinze ans sa cadette.

— Et depuis ? »

Je suis soulagé par rapport à notre entrée en matière. Rosa poursuit :

« Je n'ai eu qu'un seul contact en juin 1864, il voulait divorcer et la moitié de tout. J'ai accepté. J'ai revendu une boutique, je lui ai donné le tout. Cela représentait un peu moins de la moitié de tous nos biens, mais je me suis arrangé avec le notaire, c'est un ami. Passons au salon si tu veux bien. Veux-tu un café ?

— Oh oui, avec plaisir ! »

Elle n'a pas oublié mon aversion pour le thé. En deux temps et trois mouvements, les boissons chaudes trônent sur la splendide table basse. En me voyant m'asseoir, elle me demande :

« Ta jambe droite est… ?

— Oui, depuis la bataille de Gettysburg elle refuse obstinément de m'obéir ! répondis-je en riant.

— Tu étais à Gettysburg ? dit-elle l'air effrayé.

— Tu sais j'ai connu pire ! »

Ma réponse franche et pleine de sous-entendus la laisse sans voix quelques instants. Quelques larmes perlent à nouveau sur ses joues blanches et tendres. Elle se reprend :

« Es-tu passé chez tes parents ?

— Oh non ! Peut-être est-ce mieux qu'ils me croient mort.

— Ne dis pas de bêtises ! »

J'évite de m'étendre sur le sujet, son visage se décompose un peu.

« Tu n'es donc pas au courant ?

— Au courant ?

— Je suis désolée de t'apprendre cela, mais ta grand-mère maternelle est morte en octobre 1863… »

Je comprends mieux son silence depuis deux ans. Je jure de partir en Irlande, dès que possible, pour lui rendre un dernier hommage. Je m'étais douté un peu que mamie May n'était pas au mieux, mais la nouvelle de sa mort me fait l'effet d'un gouffre au plus profond de moi. Je viens de perdre – à jamais – l'un de mes seuls alliés. Je veux garder cette souffrance pour moi, aussi, voyant que Rosa cherche soigneusement à éviter de parler de mon état physique, je décide de prendre les devants :

« Contrairement à moi, ma tante, tu n'as pas changé, tu n'as rien perdu de ta beauté ! »

Elle rougit quelque peu.

« J'ai vieilli…

— Laisse-moi rire, on dirait une jeune fille. Moi j'ai pris facilement dix à quinze ans d'un seul coup. La peur, les tueries, les frères tombés et l'absence de nouvelles m'ont marqué sévèrement. Mes yeux en ont trop vu. La mèche blanche et mon regard dur reflètent bien mes trois années de survie au combat. »

La question de l'absence de nouvelles la fait légèrement tressaillir. Elle est ô combien concernée.

« Je te trouve toujours aussi beau, et tes blessures qui t'ont vieilli te rapprochent encore plus de moi. Notre différence d'âge est bien moins notable qu'en 1861. »

Il y a encore un blanc douloureux pendant notre conversation. Cette fois, c'est Rosa qui rompt l'épais silence.

« Tu veux savoir pourquoi j'ai agi de la sorte l'été 1861 ? »

Je ne lui réponds pas, mais mes yeux répondent pour moi. Elle enchaîne :

« J'ai très vite compris que nos sentiments allaient nous dévorer, je savais déjà que j'allais t'aimer comme jamais je n'avais aimé. »

Je l'écoute, stupéfait.

« Mais notre parenté, notre différence d'âge, ton oncle, tes parents, tout jouait contre nous. Je ne voulais pas tout détruire et passer pour une moins que rien. J'avais des comptes à rendre, rien n'était simple.

— Je te crois Rosa. Mais pourquoi avoir été si dure ? J'aurais pu comprendre !

— Tu étais si jeune ! Si vulnérable ! J'ai pensé que c'était la seule solution. Je voulais que tu cesses de m'aimer, que tu penses ce que tu veux de moi pourvu que tu ne souffres pas !

— J'ai pensé tout le contraire, que tu t'étais trompée et que tu ne voulais plus me voir. Que tu avais été heureuse de trouver une épaule, un ami et que tu avais eu, cette fameuse nuit, un moment d'égarement. J'étais persuadé que tu ne m'aimais pas ! »

Je ne crois pas utile de lui préciser qu'elle était la cause principale de mon départ pour la guerre ; la blesser n'est vraiment pas dans mes intentions. Les choses étant très claires elle me demande quels sont mes projets. N'ayant plus d'endroit où aller elle me propose de rester chez elle, le temps de me remettre. Pour moi, les mauvais coups du sort semblent prendre fin. J'accepte sa proposition, mais je veux être utile, ne pas être une charge. Mes fonctions de fourrier régimentaire m'ont habitué aux inventaires et aux comptes. Rosa me confie cette tâche.

Le soir même de mon arrivée, après un bon souper agrémenté d'une promenade estivale au clair de lune, elle me prend par la main et m'amène au seuil de la porte de sa chambre. Là, elle m'embrasse à nouveau, plus tendrement et plus lascivement qu'au matin. Je lui rends, sans fausse honte, son baiser avec ferveur. Elle m'attire sur sa couche, se déshabille en un rien de temps. Je ne sais trop comment je me retrouve dans le même état. À la vue de mon corps, elle pousse un profond gémissement et pleure à nouveau. En lui souriant, je lui dis :

« Quatorze !

— Pardon ?

— J'ai quatorze blessures : trois coups de baïonnette, deux coups de sabre et neuf impacts de mitraille d'obus ! Sans oublier mon genou rendu inerte par la pointe d'un étendard confédéré. »

Je lui fais cette énumération en riant pour dédramatiser la situation.

« Mon Dieu, Charles… gémit-elle.

— Tu vois, j'ai la peau dure ! Ils n'ont même pas réussi à finir le travail ! »

Son émotion est trop vive et très sincère aussi, je la serre contre mon cœur et la cajole pour la réconforter.

La nuit est très intense et infiniment sensuelle. Nous faisons l'amour jusqu'à l'aube. Notre désir enfoui et notre abstinence forcée nous rendent insatiables. Toutes mes plaies sont clairsemées. J'en ai sur le torse, sur le ventre, sur le dos, aux jambes, une près du cou et une au bas-ventre. Elle me les caresse toutes, me les masse, les embrasse. À chacune d'elles je lui fais le récit détaillé du comment, c'est presque comique. Son corps à elle est toujours aussi parfait et désirable. Faire l'amour avec elle est divin, presque irréel. Mais il y a eu cette rupture de quatre années. Et Mary… Le corps y est, la tête aussi, mais le cœur pas vraiment, pas complètement en tout cas.

Les jours s'enchaînent et tout se passe bien, très bien même. J'ai revêtu mes affaires civiles, mon travail m'occupe et Rosa paraît vraiment radieuse. Nous parlons de tout y compris de la guerre et de ses conséquences. Elle ne cherche presque pas à masquer notre union, au moins aux yeux de ses domestiques. En travaillant sur ses comptes, je réalise que, comme beaucoup d'autres commerçants de l'alimentaire et du textile, ma tante a fait fortune grâce aux massacres sécessionnistes et aux besoins incommensurables de l'armée fédérale. Outre les boutons et la dentelle, Rosa s'est lancée dans le lacet, la chemise et les couvre-chefs. Elle a atteint une réputation dans tout le nord du pays. Elle est aujourd'hui à la tête d'un petit empire de six magasins, dont un, hors de l'État. Je comprends mieux les travaux colossaux qui ont transformé la maison en demeure.

Les nuits sont magiques. Rosa se donne complètement, elle me fait découvrir toutes les possibilités de plaisir que son corps peut m'offrir. Elle s'abandonne à toutes les caresses, comble tous mes désirs. C'est enivrant et terriblement bon. Une jouissance totale.

Après trois semaines, je dois dire que le cœur commence à y être. La journée, elle me manque, ses absences me font de plus en plus souffrir. En clair, je retombe amoureux d'elle.

Pour le dîner de ce soir, Rosa a invité un certain Sir Henry, un Anglais, un important homme d'affaires. Ce monsieur est arrivé vers 20 heures. Il est fier de sa personne et très hautain. Tout cela pourrait être supportable, mais, pour une raison que je ne comprends pas, Rosa me présente comme étant son chef comptable et uniquement son chef comptable. Elle me fait asseoir à son opposé et l'odieux personnage à ses côtés. Ma tante répond aux allusions grotesques et aux fausses flatteries par des sourires non dissimulés. À plusieurs reprises, je faillis quitter la table, mais lorsque la conversation s'axe sur la guerre, et que notre Anglais se met à taxer Lincoln et Grant de tous les maux, je prétexte une terrible douleur à la tête et quitte précipitamment les deux comparses. J'ai vraiment trop peur de me lever et de casser la gueule à ce rufian, seuls les intérêts de Rosa m'en empêchent.

Son juteux contrat en poche, ma tante me rejoint dans la chambre. Je suis éveillé, bien trop énervé pour pouvoir dormir. Elle essaye vainement d'excuser les dires du goujat. Je me terre dans un silence douloureux sachant par avance que je vais dire des choses que je regretterai juste après.

Nous faisons l'amour de toutes nos forces, la nuit durant, mais à défaut de cassure mon cœur a cessé son mouvement crescendo.

Au matin, elle me promet de ne plus jamais recevoir cet ennemi de l'abolitionnisme, mais je digère très mal qu'elle ait dissimulé nos relations. De surcroît, je sais que ce Sir Henry ne lui est plus d'aucune utilité. Je commence à croire que ses affaires l'emportent sur tout, y compris sur moi, évidemment.

Ses absences s'accentuent et nos tête-à-tête intimes sont souvent remplacés par des dîners d'affaires, bon nombre d'invités viennent troubler notre complicité. Rosa n'a pas l'air d'en souffrir. De mon côté, c'est très différent, tous ces hauts personnages me rappellent mon père et ses acolytes. Je supporte de plus en plus mal notre absence d'intimité. Aussi, un soir, n'y tenant plus, je décide de tester ses sentiments à mon égard. Je ne suis pas très fier de lui imposer ce test, mais il est devenu incontournable. Les sentiments l'ont toujours emporté dans mon cœur et je sais que je ne supporterai jamais de faire passer mes relations intimes après l'argent et la réussite. Il faut que je sache s'il en va de même pour Rosa ! Ce soir, je me lance :

« Rosa ! J'aimerais passer une semaine avec toi au bord de la mer, ce serait vraiment merveilleux ! Rien que toi et moi !

— Ce serait fantastique ! me répond-elle sans profonde conviction.

— J'organise cela pour la fin août ! »

Nous sommes le 8 du même mois.

« Parfait Charles ! Je te donne carte blanche. Tu me feras la surprise. »

Je prends bien soin d'insister sur la date de départ et la durée du séjour.

« Oui, oui ! » me dit-elle d'un air détaché.

Notre départ est programmé pour le 30 août. J'ai acheté les billets de train et fait réserver une belle résidence en Floride, au nom de ma tante bien entendu.

Le 28 août, elle part pour affaires dans le nord du Michigan. Elle doit rentrer le 29 août au soir. Nous devons souper et partir le 30 à 8 heures, par le train, en direction de Tampa en Floride. Les bagages sont prêts. Rosa ne connaît que le jour et l'heure de départ.

À 20 heures, Dolorès – la bonne – prépare le repas, pour deux, bien sûr ! Je suis assis et je lis les nouvelles du matin, les minutes s'écoulent... Après les minutes, ce sont les heures. Je suis tellement persuadé d'avoir malheureusement raison que je laisse mon repas intact, le nœud de mon estomac ne cesse de se serrer. Vers minuit, je dessers mon repas en laissant la table pour elle seule, au cas où. J'espère encore un peu. Je ne ferme pas l'œil de la nuit, je ressasse inlassablement les mêmes pensées. Peut-être lui est-il arrivé quelque chose. Dans ce cas, elle aurait fait prévenir ! Avait-elle oublié ? Oublié volontairement ?

Après une nuit blanche et solitaire, je fais une toilette très longue afin de redonner visage humain à ce zombie-là, dans la glace, en face de moi.

Après une nouvelle et longue attente, Dolorès m'apporte du café brûlant et des gâteaux. Elle est visiblement inquiète. 9 heures sonnent au salon. Pour moi, tout est fini.

En attendant son retour, je bois des cafetières entières et je peaufine ce que je vais lui dire. Je ne suis pas en colère, mais plutôt déçu et blessé. Volontairement, je ne lui ai pas rappelé les détails du voyage depuis une dizaine de jours, espérant que l'objectif soit suffisamment important pour ne pas être oublié. À midi trente, Dolorès veut me servir mon repas, je la prie poliment de ne rien me donner, la faim n'étant pas au rendez-vous. Je me contente d'un verre de vin.

Il était 14 heures précises lorsque le heurtoir claque violemment à la porte principale. La bonne se précipite pour ouvrir. D'où je suis je ne peux pas voir le vestibule, mais j'entends les voix, celle de Dolorès qui s'extasie, puis celle de Rosa :

« Je l'ai obtenu ! Je l'ai gagné ! crie-t-elle ».

Son euphorie est presque palpable.

« Ça va madame ?

— Oh que oui ! Cette fois, j'ai décroché la timbale ! Monsieur est là ?

— Oui, dans la salle à manger, répond la bonne d'un ton neutre. »

En une fraction de seconde, Rosa fait son entrée, elle est radieuse. Elle tient un papier à la main. Elle court vers moi, mais je reste assis, le visage fermé. Je me suis mis en opposition afin de stopper ses ardeurs. Elle se bloque net et l'étonnement sur son visage remplace l'expression de joie intense. Elle balbutie quelques mots incohérents, je sors de la poche de mon veston les deux billets de train, lorsqu'elle les voit ses traits se décomposent totalement et, tout en la regardant droit dans les yeux, je déchire les deux bouts de papier, toujours muet, mais le cœur en mille morceaux.

« Mais… euh !… Charles… »

Elle essaye de se justifier d'une voix cassée et traînante. Je la sais sincère et accablée, mais trop c'est trop. Je me lève calmement, replace ma chaise sans un bruit et, toujours sans un mot, je sors de la maison par la porte d'où elle est entrée. Je ne la regarde pas, car je sais qu'elle a très bien compris et qu'il est inutile d'en rajouter.

Je passe mon après-midi à cogiter. J'éprouve bien des sentiments pour elle, mais mes certitudes quant à ma place sont verrouillées en mon cœur. J'ai beau retourner la situation dans tous les sens, rien ni fait : ma décision est prise.

Vers 18 heures je retourne à la demeure, je frappe au portail et demande à Dolorès si madame est en mesure de me recevoir. Elle marque un temps d'arrêt :

« Madame est dans sa chambre, je vais voir. »

Un quart d'heure plus tard, ma tante apparaît sur le seuil du vestibule. Ses yeux ont rougi et ses ridules sont très creusées. Elle reste digne, mais je vois bien qu'elle a beaucoup pleuré.

« Charles… murmure-t-elle la voix brisée par l'émotion.

— Rosa, il faut que nous parlions et le plus tôt sera le mieux, dis-je d'un ton doux pour ne pas accentuer son malaise.

— Allons au salon si tu le veux bien. »

Je lui fis signe que oui et Dolorès s'éclipse. Rosa paraît résignée et affligée. Elle s'assoit au beau milieu du divan vert bouteille de style renaissance. Sans vouloir surenchérir, mais pour bien lui faire comprendre ma position, je prends place, non pas à ses côtés, mais dans un fauteuil du même salon, face à elle. Je prends ma voix la plus douce, mais la plus décidée :

« Rosa, ce matin…

— Je te jure que cela ne se reproduira plus… murmure-t-elle la voix brisée.

— Non Rosa, depuis trois semaines je t'observe et je t'ai maintes fois alarmée à ce sujet, mais je sais aujourd'hui que ta peur immesurée de retomber miséreuse t'oblige à ces débordements. »

Elle reste muette et m'écoute jusqu'au bout :

« Tes affaires ont pris une importance capitale, et je pense qu'en l'absence de sentiments tu t'es jetée à cœur perdu dans cette lutte qui t'obsède aujourd'hui. J'éprouve des sentiments très forts pour toi, mais cette situation n'est plus vivable pour moi. Je préfère me retirer avant que mon cœur ne cesse de t'aimer. »

Elle se met doucement à pleurer.

« Charles, laisse-moi le temps…

— J'ai très longuement réfléchi et ma décision est prise. Retarder l'échéance ne fera qu'aggraver les choses et je ne veux pas que l'on se déchire. Rosa, tu sais que j'ai raison, il n'y a plus assez de place pour notre amour. Ne t'inquiète pas pour moi, je pense savoir quoi faire de ma vie, mais je veux être sûr que tu surmonteras cette nouvelle situation. Rosa ! Regarde-moi dans les yeux ! »

Elle s'exécute douloureusement.

« Je ne fais pas ton procès, je ne t'accuse de rien, j'ai juste constaté les faits. Je ne t'en veux pas, je comprends ton comportement, mais j'aurais juste aimé que ton cœur emporte sur ta raison le combat que tu te livres.

— Que vas-tu faire ? me dit-elle plaintivement, mais d'un ton suffisamment affirmé pour me prouver son accord.

— Je pense poursuivre mes études d'avant-guerre, apprendre et par la suite enseigner l'histoire.

— Mais il te faudra un capital ou un travail d'appoint, je te donnerai…

— Non Rosa ! Je vais régler cette affaire avec mon père, j'ai ma petite idée.

— Mais, je pourrais…

— Non, je ne veux pas profiter de toi ni utiliser ce qui nous sépare à mes fins.

— Laisse-moi au moins te donner les salaires que tu as gagnés, ils te sont dus et cela t'aidera un peu.

— D'accord Rosa... J'ai une doléance à te demander ?

— Oui ? dit-elle, de plus en plus à mon écoute.

— Je veux toujours avoir de tes nouvelles... »

Elle me serre les mains de toutes ses forces et de grosses larmes étincelantes embuent le bleu de son profond regard :

« Oui mon amour, je te fais cette promesse, mais toi aussi promets-moi que tu feras de même ! »

Pour toute réponse, je l'étreins et nous échangeons des baisers infiniment tendres et déchirants.

Toute la nuit, nous nous sommes aimés, don mutuel et désespéré, mais d'une intensité qui me trouble encore aujourd'hui.

D'un commun accord, je suis parti en la laissant dormir en ce matin du 31 août 1865. J'ai revêtu ma tenue militaire de parade, bardée de mes décorations. J'ai avalé deux grands bols de café. J'ai laissé un mot tendre sur le chevet à côté du lit et j'ai fait mes adieux à Dolorès qui pleurait à gros bouillons sur mon épaule. J'ai refermé la grande porte blanche sur ce chapitre de ma vie.

Le chemin jusqu'à la gare que je fis volontairement à pied me vida l'esprit et, en montant dans le wagon enfumé, je préparais mon plan d'attaque. L'adversaire qui m'attendait était bien plus redoutable que les Rebs, ce n'était rien de moins que mon propre géniteur : mon père.

Chapitre 18

Le voyage est fort agréable, je commence sincèrement à aimer le train et mes compagnons de route sont fort sympathiques, même si je surprends à plusieurs reprises des regards inquisiteurs sur ma tenue et mes décorations.

Je me suis vêtu de la sorte, non pas par patriotisme excessif, ni par dérision, mais pour servir mes projets, pour couper le sifflet à mon père et le travailler au corps. Côté cœur, je suis K.O. Je n'ai plus aucun espoir du côté de Mary même si mon cœur ne s'y résigne pas. Rosa m'a joliment émerveillé, dans un premier temps, par l'aveu de son amour secret pour moi, mais elle m'a – par la suite – sacrifié sur l'autel de la réussite sociale, mère de tous les maux à mes yeux.

Je n'ai plus d'envolée amoureuse, mais curieusement je me sens serein. J'ai enfin un but, je sais quoi faire de mon existence et mon père détient la possible clé de ma réussite.

À mon arrivée à Springfield je ne suis pas surpris de constater que la demeure paternelle a – elle aussi – considérablement gonflée. C'est devenu un quasi-château, mais un château de mauvais goût. La bonne qui n'est pas la même qu'avant mon départ me fait entrer dans le jardin après m'avoir précieusement demandé mon identité. J'éprouve un dégoût nauséeux à l'idée de jouer la comédie des fausses retrouvailles, mais je n'ai guère le choix, mon avenir et ma vie entière dépendent de cette rencontre.

Ma mère sort la première et, tout en criant mon prénom, elle simule une syncope, non sans s'être assurée que les domestiques l'empêcheront de tomber sur les dalles en marbre de la terrasse.

Mon père suit, et là, on se croirait au spectacle, sauf que le spectacle : c'est moi.

Mon costume de comédien fait mouche. Mon paternel, qui fait tournoyer un barreau cubain entre ses dents, se hausse sur ses talons, les doigts sous les bretelles. Il décortique ce qu'il voit : un fils vivant, gradé, décoré et quelque peu estropié, c'est bon pour les affaires et la notoriété familiale. Il se hâte de venir à ma rencontre, me fait une accolade qui ne froisse pas son beau costume et me tape fortement sur l'épaule.

Une fois seul avec mon père – ma mère gardant la chambre –, je scrute l'expression de son regard et de ses traits. Il est moins faux que ma mère, mais je dois dire que l'impression générale est assez mitigée. Il a l'air à la fois satisfait et un peu inquiet :

« Alors mon fils ! De retour parmi nous ? »

Rien sur mon état ni sur la guerre en général. Il me fait entrer dans la maison, il ne s'inquiète pas de l'évanouissement de ma mère. Il faut dire qu'elle tombe dans les pommes au moins une fois par semaine. Au salon, il y a trois de ses connaissances, deux hommes d'affaires et une femme. Il me présente avec une fierté excessive, en fait il assied sa position. Il n'a même pas pris le temps de me parler en tête-à-tête. La femme s'interroge sur le style particulier de ma canne.

« Prise de guerre ! répondis-je sans m'étendre. »

On m'apporte des gâteaux et du café, je leur raconte mes exploits que je brode et habille de fausses vérités, je leur dis ce qu'ils veulent entendre. Je ne veux surtout pas dévoiler le « vrai », ils ne le méritent pas.

Après de longues et interminables heures, je me retrouve enfin seul avec mon géniteur.

« Ma sœur n'est pas là ? demandé-je.

186

— Non ! Elle travaille et dort à la fabrique ! »

En fait, après quelques questions, il s'avère qu'elle est directrice adjointe et qu'elle vit dans un appartement très cossu, juste au-dessus des ateliers. Elle se débat, la pauvre, dans quatre cents mètres carrés et au beau milieu de cinq domestiques.

« Charles, je pense inviter du monde pour fêter ton retour ainsi que toute la famille, que dis-tu de dimanche prochain ? »

Il oublie de préciser : « toute la famille sauf ta défunte grand-mère et ta tante répudiée. »

« Non! répondis-je sans équivoque.

— Non ?

— Père ! dis-je d'un ton solennel, je désire vous parler de mon devenir !

— Mais nous aurons tout le temps...

— Non, aujourd'hui même et tout de suite !

— Bon ! Soit… suis-moi dans mon bureau. »

Le bureau ressemble plus à un terrain de jeu qu'à un réduit, les sièges en velours rouge paraissent tristement minuscules.

« Père, je n'irai pas par quatre chemins ! »

Il s'assit dans son fauteuil personnel, il paraît détaché, mais il boit mes paroles.

« Je sais très bien qu'aujourd'hui vous retrouvez un fils, héros du camp des vainqueurs, mais demain, sans mon uniforme, il ne restera qu'un estropié à votre charge. »

Il ne répond pas et son expression s'assombrit.

« J'ai constaté que tous les affairistes liés au vestimentaire ont spéculé pendant le conflit. Étant fourrier je passais les commandes, je sais de quoi je parle ! Surtout en ce qui concerne les brodequins. Il y a même eu, paraît-il, des chaussures nordistes vendues à prix d'or aux confédérés… »

187

Mon père devint rouge de colère.

« Que veux-tu ?! »

Le ton a changé.

« N'ayez aucune inquiétude ! Je ne veux pas briser votre empire. Voilà ce que je veux : j'ai l'intention de parfaire mes études à l'université de Colombus dans l'Ohio. »

Le visage de mon géniteur s'éclaircit quelque peu, je n'en veux pas à ses chaussures et autres brodequins.

« Je veux un logement décent à proximité de l'université et une pension mensuelle le temps nécessaire pour atteindre mon objectif. Dès que je travaillerai, vous pourrez stopper cette rente, mais le logement sera à mon nom et j'en serai l'unique propriétaire ! En échange de cela, je suis prêt à vous signer un document stipulant que j'abandonne tous mes droits, au profit de ma sœur, en ce qui concerne la fabrique et tous les biens mobiliers et immobiliers en votre possession. »

Il s'ensuit un silence presque religieux, mais je vois les lèvres de mon père se plisser et remonter en un sourire profond, mais discret. Je suis certain qu'il avait tout prévu, ma mort était la solution la plus simple. Mon retour tardif l'avait d'ailleurs conforté dans ce sens. C'est pour cette raison qu'il avait élevé ma sœur à son rang. Mon désir d'études et surtout celui de quitter la ville l'arrangent bien. Il sort un document prémâché qui me conforte dans mon idée. Il avait prévu cette éventualité. Il complète l'acte par quelques lignes, fixe une rente annuelle très confortable et me promet un bon logement. Nous signons le tout dans la foulée et le notaire qui habite à proximité vole jusqu'au bureau paternel pour transcrire la quasi-totalité de l'ensemble. Mon père ajoute même que la rente me sera versée à vie, ce qui me confirme que, dans mon estimation de sa fortune, je suis encore loin du compte.

Mon paternel sort une bouteille de champagne pour fêter le tout et, contrairement à lui, qui trinque à cette énième bonne affaire, je bois à ma plus belle victoire et à mon avenir.

Je prends un bain chaud. Inconsciemment, je veux épurer mon corps des miasmes de cette mascarade et de cette écœurante transaction. Je mange de bonne heure avec les domestiques qui s'avèrent de bien meilleures compagnies que mes propres parents, au grand dam de Monsieur mon père qui déplore mon mauvais choix. Les valets de chambre, les cuisinières, les bonnes me posent des questions pertinentes et profondément humaines sur les affres de la guerre. Les femmes veulent savoir si nous pouvions nous laver, si le rata était mangeable et comment nous luttions contre les poux et autres parasites. Les hommes parlent plus : armement, stratégie, exécutions, boucherie. Je leur réponds le plus justement possible, mais – même en minimisant un peu – je vois des femmes pleurer et certains jeunes hommes quitter précipitamment l'office, pris de nausées et de vomissements. Je me suis laissé emporter par le jeu de la vérité et de la sincérité. Seuls, les deux cuistots sont imperturbables, ils enchaînent sur le sexe et le viol, probablement pour faire pâlir les demoiselles. Je leur précise que ces actes forcés ne ressemblent en rien à une partie de plaisir et qu'il s'agit plus de barbarie sanglante que d'une partie de jambes en l'air. L'horreur à l'état pur. Le calme revenu nous changeons complètement de sujet… nous avions fait le tour de la question.

Tard dans la soirée, je décide de passer le reste de la nuit sur le divan du salon.

8 heures sonnent à l'horloge. Mon père prend son petit déjeuner dans l'immense salle à manger. Je le rejoins et me sers un bon café. Mon père est outré que je me serve moi-même sans l'appui d'un domestique. Il m'interpelle :

« Quand veux-tu partir ?

— Dans une heure ! »

J'ai bien cru qu'il allait se mordre la langue.

« Quand ?!

— Dès que nous aurons fini ce dernier repas !

— Tu sais, pour le logement je n'aurais rien réglé avant une semaine !

— Je vous laisse quinze jours ! Le 15 septembre, je serai à Colombus, j'ai à faire auparavant.

— Bien ! Si c'est ton choix. Je te donne un mois de rente supplémentaire, je suppose que tu n'as pas de quoi faire le voyage ? »

En fait, j'ai largement de quoi payer, Rosa m'a bourré les poches à mon insu, mais je prends néanmoins son argent. Je sais déjà comment l'utiliser.

« Le 15, tu te rendras à la mairie de Colombus, la personne que je vais contacter t'attendra, disons vers 15 heures, pour t'indiquer le chemin et te remettre les clés de ton futur logement.

— Va pour 15 heures ! »

La conversation est close et de toute façon nous n'avons plus rien à nous dire. Mon père a obtenu ce qu'il voulait, je n'ai plus de raison d'être à ses yeux. Avant de quitter cette grande demeure glaciale, je vais embrasser ma mère sur le front. Elle n'a pas quitté son lit depuis mon arrivée. Elle fait semblant de dormir et gémit en guise de réponse à mon baiser.

Chapitre 19

La diligence pour Akron part à 11 heures et je ne veux surtout pas la rater. Pourquoi Akron ? À cause d'une lettre, un courrier bien conservé au fond de ma petite valise. John me revient en plein cœur. En rangeant mes affaires chez Rosa, avant mon départ, j'ai retiré l'enveloppe de mes bagages et placé celle-ci sur mon cœur, dans la poche intérieure de mon uniforme. J'ai fait une promesse à ce frère d'armes et de sang et je compte bien la tenir. Akron n'est pas trop éloigné de Springfield. Le voyage est assez long tout de même et la diligence moins rapide et bien moins confortable que le train. À mon arrivée, j'ai les reins en compote et des élancements très violents dans la jambe droite.

Sur l'enveloppe, John a indiqué l'adresse de sa famille.

Je dois demander maintes fois mon chemin, en fait, ils habitent une petite bourgade aux alentours de la ville. Je comprends vite qu'il s'agit du quartier pauvre. Leur petite maison – et le mot est faible – est entourée par un petit jardin ; ce n'est qu'un potager où gambadent trois poules, un coq miteux et ce qui ressemble à une chèvre.

Ma mission est déplaisante et le décor ne fait qu'accentuer le malaise ambiant.

Je m'apprête à frapper lorsqu'une femme sans âge ouvre la porte. Elle est marquée par le temps, mais au-delà de sa misérable tenue, on peut voir sa profonde détermination. Son corps musclé reflète la rigueur de son quotidien aux tâches multiples et continues.

« Madame May ? »

À la vue de mon uniforme (j'ai ressorti la tenue classique et sans breloque), elle durcit ses traits.

« Il n'y a plus d'homme ici ! hurle-t-elle.

— Ne vous méprenez pas madame, je suis un ami de John.

— John est mort ! lâche-t-elle froidement. »

L'armée l'a informée.

« Je sais madame… j'étais son sous-officier, mais surtout… son ami. John est mort dans mes bras. »

Sa mère se radoucit subitement et son petit frère et sa petite sœur apparaissent au même moment.

« Bonjour les enfants !

— M'sieur ! répondent-ils en chœur.

— Leur père est mort en 1864 d'une mauvaise chute.

— Mon Dieu !

— Dieu n'a rien à voir dans tout cela ! La bouteille l'a tué ! Mon grand fils est mort à Gettysburg et me voilà seule pour assurer la subsistance de ceux-là. Encore, eux, ils m'aident ! »

Sa dernière phrase vise quelqu'un, mais elle ne parle pas de moi. Elle me fait entrer en me précisant que je n'aurais droit qu'à un semblant de café. L'intérieur de la maison est sombre, mais propre et une bonne odeur de soupe s'échappe d'une marmite posée sur le poêle. Dans la demi-pénombre, je crois voir John, j'ai un mouvement de recul, en fait je fais face à sa sœur. Elle lui ressemble terriblement. Je remarque discrètement son pied bot, mais en dehors de cette difformité qui lui fait traîner la jambe elle est d'une très grande beauté. Elle me salue poliment et m'invite à m'asseoir. C'est une jeune fille de presque quinze ans. Elle a de longs cheveux noirs et de très grands yeux bleus. Sa taille est fine, elle est élancée et très fraîche. Sa mère fait irruption :

« Kate ! Aide-moi à porter ces légumes ! »

L'adolescente se précipite au secours de sa mère.

« Fais du café pour notre invité ! »

J'esquisse un mouvement pour l'aider, mais Madame May me cloue sur place.

« Laissez-la ! C'est tout ce qu'elle sait faire, le ménage et la cuisine ! Rien d'autre ! crie-t-elle d'un ton amer et dur. Je n'ai qu'elle de mûre ici et elle ne peut rien faire au jardin ni travailler chez les riches. Personne ne veut d'une infirme ! »

Voyant mon état elle se reprend :

« Pardon ! Je ne dis pas cela pour vous ! Mais au fait, quel est le but de votre visite ? ! »

Sa remarque m'écœure profondément et j'aurais vraiment préféré que cette méchante phrase soit dite à mon intention. Je ne supporte pas que l'on dénigre ou invective un enfant. Je prends sur moi avant d'enchaîner :

« John m'a remis un courrier à votre attention...

Voilà ! » dis-je en posant la lettre sur la table en bois.

Voyant qu'il n'est pas question d'argent la mère se désintéresse de la chose. Les deux enfants continuent à se chamailler, seule Kate regarde l'enveloppe. Elle paraît heureuse, mais pétrifiée.

Face au silence et à l'absence de réaction, je tends le mot à la mère.

« J'sais pas lire ! » bougonne-t-elle.

J'allais l'ouvrir lorsque Kate chuchote :

« S'il-vous-plaît ? Donnez-la-moi ! »

Elle ouvre la lettre et en commence la lecture.

« *15 juin 1863 Antietam.*

Chers parents,

Si vous lisez cette lettre, c'est que je suis tombé au champ de bataille et que vous pouvez être fiers de moi. Je veux que Sue et Stan gardent un bon souvenir de moi et qu'ils sachent que le paradis existe, d'ailleurs je les ob-

193

serve en ce moment même de là-haut ! Ne faites pas de bêtises et aidez maman de toutes vos forces.

Kate je ne t'oublie pas : continue à lire et bas-toi ! Peut-être qu'un jour ton rêve de devenir journaliste se réalisera.

Je ne peux pas vous donner d'argent, je n'en ai pas.

Je vous aime tous très fort et vous embrasse une dernière fois.

Votre frère et fils,
John.

Surtout, réservez un accueil chaleureux au porteur de ce courrier, c'est mon ami, mon protecteur, mon frère. »

Kate pleure, mais elle lit jusqu'au bout ce poignant message. Elle le relit plusieurs fois avant de le plier délicatement et de le glisser sous sa manche.

Je suis bouleversé, mais je remarque quand même que : non seulement sa sœur sait lire, à haute et intelligible voix, mais aussi – je l'apprends à cet instant même – quelle éprouve le désir de devenir journaliste. John m'a informé de la nature du handicap de Kate, je me souviens très bien de ses traits inquiets lorsqu'il parlait d'elle.

Sa mère la considère à peine comme une bonne et, du vivant du père, ce devait être bien pire. Je veux mieux connaître cette jeune fille et j'ai l'opportunité et surtout les moyens de lui venir en aide. Pour ce faire, il me faut une poignée de jours ; une idée me vient presque instantanément :

« Ce que vous a écrit John n'est pas tout à fait vrai ! dis-je.

— Comment cela ? s'étonne Kate.

— En fait, John vous a écrit qu'il n'avait pas d'argent, mais il a oublié sa solde, elle lui était due et la voilà ! »

Je prends quelques billets que mon père m'a donnés et les dépose sur la table. Bien sûr, je viens de mentir, mais mon seul espoir de rester ici passe par ce don camouflé.

La mère a beaucoup de mal à ne pas se ruer sur l'argent. Son sourire en dit long et elle m'offre subitement de partager leur soupe du midi. J'accepte volontiers.

Mon intérêt pour Kate ne fait que s'accroître au fil de notre conversation. Elle s'avère être d'une bonne culture générale. Elle lit tout, des étiquettes sur les produits aux essais les plus ardus en passant par les philosophes, les manuels d'outillage, les quotidiens et les Évangiles. Sa capacité d'analyse et de réflexion dépasse presque l'entendement. Il me faut la sortir d'ici ; mais avant cela, il m'est indispensable de savoir ce qu'elle en pense, surtout qu'il faut prendre une décision rapide. Après un déjeuner frugal, je profite de l'absence de la mère partie faire des achats en ville, et de l'indifférence des enfants qui jouent au-dehors. Bien entendu, Kate est chargée de nettoyer, de rincer et de ranger la vaisselle.

« Kate, nous avons beaucoup évoqué le souvenir de ton frère au cours du repas. Mais je voudrais aborder avec toi un tout autre sujet. »

Elle a un mouvement de recul, elle lâche une écuelle. Ses yeux expriment une véritable terreur. Il ne m'en faut pas plus pour comprendre que son père devait abuser d'elle.

« N'aie pas peur, je ne veux surtout pas te faire de mal ! Je veux juste te proposer de partir d'ici, pour étudier avec moi à Colombus ! »

Elle reste figée.

« Partir ?...

— Tu n'es pas à ta place ici ! Je peux et je veux t'aider !

— Mais je ne sais pas... Ma mère ne me laissera pas partir ! Et les petits ? »

Elle est presque euphorique et atterrée en même temps.

« J'ai mon idée pour ta mère. Je ne veux pas te bouscu-ler : je vais m'arranger avec elle pour rester ici une dizaine de jours. Cela te laissera le temps de réfléchir et de t'habituer à l'idée de partir. Mais surtout, lorsque ta décision sera prise, dis-le-moi. »

Elle acquiesce d'un sourire tendu. Vers 16 heures, un bruit de gamelle m'avertit du retour de la marâtre. Je l'aide à poser ses paquets qui, je dois l'avouer, ne sont que nourriture et ustensiles de cuisine et de jardinage. Elle ne s'est rien pris pour elle, du moins en apparence.

« Madame, j'ai quelque chose à vous demander !

— Oui ? me répond-elle, l'œil et l'oreille aux aguets.

— J'ai des affaires à régler par ici et j'aimerais bien profiter de votre hospitalité une dizaine de jours. »

Elle fait une moue dubitative, mais son sourire s'étale à nouveau.

« Vous savez, c'est très dur pour nous ici, j'ai déjà du mal...

— Oh ! Mais je ne resterai pas sans rien faire ! Je sais bricoler. Ma jambe m'interdit de jardiner ou de courir après les poules, mais je peux aider au repas et aux ménages. »

Mes efforts pour la convaincre semblent voués à l'échec. Son expression reste glaciale. Je fais un rapide calcul dans ma tête et sors mon joker, le nerf de la guerre.

« Bien sûr, je vous paierai, disons, cinquante dollars ! »

Là, j'ai bien cru qu'elle allait s'évanouir, son « oui » d'approbation explose littéralement de sa gorge ! Elle ajoute tout de même :

« L'argent, c'est d'avance ! »

Je sais que cette somme occupe ma poche intérieure gauche, je sors les billets en lui montrant bien que je n'en cache pas d'autre et lui tends.

Son excitation la fait trembler des pieds à la tête. J'ai épuisé l'argent de Rosa et un peu entamé ma première rente, mais j'ai encore suffisamment pour mener mon projet à bien.

Le fait que je sois astreint à rester dans l'unique pièce me permet d'approfondir ma relation avec Kate. Elle semble se détendre un peu et ses peurs profondes, dues probablement à une enfance blessée, s'estompent petit à petit. Tous les deux jours, je vais en ville pour parfaire mon alibi. Je n'ai, évidemment, aucune affaire à régler et j'en profite pour me détendre un peu. Je me garde bien d'acheter des cadeaux pour la jeune fille, sa mère les aurait dénichés, elle aurait vite compris que je lui cachais la vérité.

Le neuvième jour, le 14 septembre exactement, Kate me glisse dans un sanglot qu'elle est d'accord pour partir avec moi. Je prends la mère à part, il me faut jouer serré.

« Vous, seule avec trois enfants, dont une handicapée, ce doit être vraiment très dur. Surtout lorsque l'hiver est rude !

— Oh oui ! me répond-elle dans l'espoir de soutirer encore quelques sous.

— Votre fille aînée sera toujours à votre charge !

— Malheureusement oui ! Qui voudrait la marier et que va-t-elle devenir s'il m'arrive malheur ? »

Je la prends au mot.

« Justement, à ce propos, j'ai une proposition à vous faire ! »

Elle s'apprête à boire mes paroles.

« Kate veut étudier, et il se trouve que je pars pour Colombus demain dans le même but. J'ai un grand appartement et je suis rentier. Elle pourra habiter chez moi, je m'occuperai de ses études et pour vous…cela fera une bouche de moins à nourrir.

— Mais qui paiera ?

— Je vous l'ai dit, je prends tout à ma charge. En contrepartie, Kate me fera mon ménage et ma vaisselle. De plus, votre deuxième fille est désormais en âge de la remplacer, et votre fils est vigoureux : à vous deux, le jardin et

197

les animaux ne vous occuperont même pas la journée entière ! »

La mère n'a pratiquement pas ouvert la bouche, elle est stupéfaite, mais pas outrée.

« De plus, les affaires que j'ai traitées hier m'ont rapporté : si c'est : « oui », je vous laisse cent dollars en prime ! »

Cette fois, malgré l'argent, son sourire reste figé.

« Attention ! me dit-elle menaçante, elle ne fera rien d'autre que votre ménage ! »

Cet accord camouflé me comble et Kate se met doucement à pleurer de joie.

« Pour qui me prenez-vous ! dis-je faussement outré. »
Le départ est prévu pour le lendemain.

Kate a revêtu ses moins mauvais habits. Elle est, malgré tout, resplendissante. Il est 7 heures. Afin d'adoucir cette déchirure, je promets à tous que Kate pourra venir une fois par mois, si ses études lui en laissent l'opportunité. Je me chargerai du transport et des faux frais. Après avoir étreint sa mère, la jeune fille serre contre son cœur son petit frère et sa petite sœur. Tout ce petit monde pleure, moi compris. La maman n'est en fait qu'une pauvre femme que la vie a sculptée en tigresse, mais ce matin son cœur explose, laissant paraître des torrents de larmes.

« Je vous écrirai toutes les semaines, vous pourrez faire lire le courrier par Marta la fille des Clark, elle sait lire. »

Tous ces au revoir sont déchirants, mais je sais que pour Kate, demain est le commencement d'une nouvelle vie.

Chapitre 20

15 septembre 1865, 8 h 30, gare d'Akron.

Kate ne sait plus où donner de la tête, tout pour elle est nouveau. Sa joie et son émerveillement font plaisir à voir. Les passants qui nous croisent semblent éprouver un brin de pitié : deux infirmes côte à côte, quel piteux spectacle !

Le train s'ébranle à 9 heures. Kate n'a jamais pris le moindre transport, elle rit à chaque nouvelle sensation. Ses yeux brillent de mille feux, elle en oublie presque la déchirure de sa séparation d'avec son frère et sa sœur. Elle m'abreuve de questions sur tous les sujets, je lui réponds du mieux possible. Puis elle s'endort. Je m'extasie devant son expression calme et paisible, son visage très bien dessiné et son corps parfait. La nature, peut-être consciente d'en avoir trop fait, l'a affublée de ce pied déformé, c'est sa croix.

Nous arrivons peu avant midi à Colombus. La ville est un peu plus moderne qu'Akron. Après quelques palabres, je parviens à trouver un restaurant fort sympathique. Kate continue son initiation ou peut-être, devrais-je dire, sa seconde naissance. Ses lectures lui ont enseigné bon nombre de choses. Elle sait se tenir à table, quels sont les couverts à poisson et à quoi ressemble le verre à vin. Sa compagnie est enrichissante et fort agréable. Je n'oublie pas le fameux rendez-vous de 15 heures, à la mairie, et j'espère bien que mon géniteur de père tiendra sa promesse.

Après un délicieux repas, j'emmène dans les boutiques ma protégée. Elle n'a, pour tout bagage, qu'un maigre baluchon. Je veux qu'elle s'achète quelques ensembles, le temps de régler l'affaire du logement. À côté de l'hôtel de ville trône un de ces commerces où tout s'achète, du sucre à la marmite, du gravier au gilet. Un vrai bazar, mais un pur paradis pour la jeune Kate.

Je la confie au propriétaire des lieux pour quelques heures avec pour mission d'acheter, outre des vêtements, de la nourriture pour la semaine. Je ne veux pas qu'elle vienne avec moi au rendez-vous, mon père affûterait sa curiosité et, de plus, il n'y a peut-être pas de logement !

À 14 h 45, je suis dans le hall d'accueil de la mairie. Le préposé n'est au courant de rien. Mon inquiétude, pourtant atténuée par le papier que je tiens dans ma poche droite – contrat qui me lie à mon père et à ses richesses – semble monter d'un cran.

Lorsqu'un homme petit et rond fait irruption, il porte un chapeau melon et un binocle d'argent. Son costume guindé me suggère un gratte-papier et la transpiration qui mouille son col me confirme que sa peur d'être en retard l'a contraint à galoper jusqu'ici. À ma vue et sans hésiter, il se dirige droit sur moi.

« M. McAndrew ?

— Lui-même !

— Avez-vous le contrat que Monsieur votre père a signé ?

— Vous voulez vous assurer que je suis bien celui que je prétends être ?

— Oui monsieur ! Pardonnez-moi, mais j'ai reçu des ordres.

— Vous êtes ?

— Jérémy Stolls ! Maître Stolls, notaire à Columbus. »

Je lui montre le fameux document sans toutefois lâcher le papier.

« Tout est en règle. Veuillez me suivre, la diligence nous attend. Monsieur votre père m'a chargé de vous trouver un bon logement près de l'université et c'est chose faite ! » me dit-il après s'être assis dans l'habitacle.

J'espère au fond de moi que l'appartement sera suffisant pour deux, mais dans tous les cas nous nous en arrangerons.

« M. McAndrew m'a aussi précisé que les papiers devaient être faits le plus rapidement possible et à votre seule et entière jouissance. Tout est prêt, vous me direz quand vous pourrez passer à l'étude pour la lecture et la signature de l'acte définitif.

— Bien ! Mais commençons déjà par visiter.

— Oui ! Bien sûr. »

Mon paternel a tenu sa promesse, du moins pour le logement. La calèche s'arrête dans une grande rue très animée et commerçante. Il y a très peu de bâtiments, mais beaucoup de maisons individuelles.

« C'est au 17 Longstreet ! »

Je suis étonné et ravi. Il ne s'agit pas d'un appartement, mais d'une petite maison de plain-pied avec un jardinet. Il y a une grande pièce avec une cheminée et une cuisine, une chambre de belle taille, une autre légèrement plus petite et un cabinet de toilette avec une baignoire. Le tout meublé et fort joliment décoré. Devant mon étonnement, l'homme de loi ajoute :

« Votre père m'a précisé deux chambres afin que vous puissiez en transformer une en bureau. »

Je suis surpris que mon père ait eu une telle pensée et je crois sincèrement qu'il fait tout pour ne jamais être contraint de me revoir.

« Le jardin dispose d'un puits et de toilettes, il y a une bonne réserve de bois et une cave sous la salle à manger. Cela vous convient-il ? »

Je cache mon euphorie et réponds, très contenu :

« Oui, cela fera l'affaire.

— Et pour les papiers ?

— Que diriez-vous de demain 10 heures ?

— Parfait ! J'ai justement un trou dans mon emploi du temps. Au fait, pendant que j'y pense votre père m'a fait parvenir ce courrier pour vous ! »

Il me tend une enveloppe à mon nom.

« Vous pouvez disposer de la calèche pour une course, j'ai largement payé le cocher !

— Merci Maître ! À demain ! »

Dès qu'il partit, et m'attendant à tout, je décachette le courrier :

> *Charles,*
>
> *J'espère que ton futur logement te conviendra. Il n'est qu'à deux pas de l'université. Pour la rente, je t'ai fait ouvrir un compte à la banque centrale de Colombus, tous les premiers du mois tu pourras retirer l'argent en partie ou en totalité. Si quelque chose ne va pas, fais-le-moi savoir ! Tous les papiers, y compris ceux concernant ton abandon d'héritage, sont chez maître Stolls. Signe-les.*
>
> *Bien à toi.*
>
> *Ton père.*

Ce courrier illumine encore plus ma journée même si le ton est uniquement administratif.

Je ne veux pas refaire le tour du propriétaire sans Kate. Je saute sur la calèche pour aller la chercher.

Je la trouve assise sur une caisse. Tous les achats sont disposés sur le comptoir, mais il n'y a que la moitié des choses. Elle n'a – tout simplement – pas osé. Elle semble heureuse, mais fourbue. À mon sourire, elle réalise que cette journée qui a fort bien commencée se terminera encore mieux. La diligence la fascine et à la vue de la maison du 17 Longstreet elle se met à pleurer. Je refais la visite avec elle. Elle reste sans voix, et lorsque je lui dis de choisir sa chambre elle se met à trembler et à sangloter. Elle n'a jamais espéré tant et surtout jamais personne ne lui a demandé son avis ni ne lui a permis de choisir. Comme je le pensais, elle prend la plus petite des chambres en prétextant la vue sur le jardin. Après cette visite et notre installation, Kate nous mitonne un excellent repas et, vers minuit, la fatigue de cette longue journée nous emporte chacun de notre côté.

Au matin, je règle la paperasse et nous achetons tout ce qui nous manque.

Les cours à l'université commencent le 21 septembre, mais je dois auparavant inscrire ma protégée au collège qui jouxte la maison. Je la présente comme ma nièce. L'année scolaire est commencée, mais sa motivation et son niveau lui permettront de suivre aisément. Je crains un peu que l'on se moque de son infirmité, mais je sais qu'elle est au-dessus de cela. Sa bonne humeur perpétuelle attirera l'estime profonde de ses camarades de classe et sa beauté naturelle fera le reste.

La maison est parfaitement tenue. Il y a constamment des fleurs un peu partout.

Mon père ne manque jamais le versement du premier du mois. Avec cette rente, nous vivons mieux que correctement.

Mes cours ont commencé, ils me plaisent et je m'y consacre corps et âme. Les étudiants sont souvent du même âge que moi, la guerre ayant bloqué les vocations. Mon handicap passe inaperçu, à l'université de nombreux ex-soldats sont estropiés.

Le soir, nous avons, Kate et moi, de très longues conversations sur tout. Je l'aide à réviser ses cours, elle fait de même avec moi.

Kate écrit chaque dimanche à sa famille et moi j'écris une longue lettre, tous les 15 jours, à Rosa. Ses réponses sont variées : lorsqu'elle frise une affaire ses mots sont neutres et ses lettres brèves ; à contrario quelquefois elle semble souffrir de mon absence ; aussi son courrier est-il tendre et plaintif, presque désespéré, comme un cri. Mais il lui arrive aussi de ne pas me répondre.

Même si parfois je me sens amoureusement seul, je sais au fond de mon cœur que Rosa et moi c'est utopique et voué à l'échec.

Mary, souvent, me revient en plein cœur. La nuit, je rêve d'elle et me réveille effondré par son absence. Ces jours-là, je suis d'une humeur massacrante. Puis le soir venu, je suis ragaillardi par la joie de Kate. Tout va bien, mis à part ces affreux cauchemars sur mes souvenirs de guerre. Je sursaute à chaque fois, le cœur affolé, la respiration coupée et cette sueur froide sur les tempes. Je revois les corps désarticulés, les mares de sang, les monticules de tripailles. J'entends les gémissements, les plaintes, les appels au secours, les prières. J'ai la suffocante sensation de sentir les effluves de corps décomposés, de poudre. J'ai, comme à chaque fois, le goût du sang sur les lèvres. L'horreur de tous ces atroces instants de ma vie a largement influencé mon choix de devenir enseignant en histoire. J'ai la ferme intention de me spécialiser dans l'appréhension de cette guerre. Mon désir secret est d'apprendre à nos jeunes l'inutilité et la sauvagerie des combats, que tout n'est que questions d'argent et de terre. J'espère ainsi, d'une façon malheureusement très utopique, pouvoir en dissuader certains de prendre – un jour – les armes.

Kate part une fois par mois rendre visite à ses frères et sœurs. Je lui donne un peu d'argent en plus du billet de train pour qu'elle leur fasse quelques cadeaux. En son absence, la maison est comme morte. Je n'aime pas rentrer le vendredi ni le samedi soir. Ces jours-là, je pourrais étudier, me noyer dans mes notes, mais le cœur n'y est pas.

Un soir de juin 1866…

Je m'arrête aux portes d'une drôle de maison, devant laquelle je passe chaque jour. La bâtisse est rose et ventrue comme un bonbon, il s'en échappe des rires, des chants, parfois aussi des bruits de lutte. Je suis très attiré par la porte joliment décorée et par la lanterne rouge au-dessus de l'entrée qui en dit long sur le contenu de l'édifice. C'est l'image que je me fais d'un bordel.

Les cours de première année se terminent et mon esprit est de nouveau en proie au magnétisme de l'amour et du sexe. Mary et surtout Rosa ont exacerbé mon désir et mon goût du plaisir, le mien, mais aussi le leur. La jouissance d'une femme est un véritable morceau de paradis surtout si l'on y est pour quelque chose.

Je sais que les femmes feignent l'extase dans ce type de maison, mais j'ai trop besoin de leur peau, de leurs formes rondes et de leurs lèvres. D'un pas lourd, mais décidé, je franchis le premier obstacle. Il règne dans la pièce des odeurs de rose et de jasmin. Sur la droite se trouve une sorte de guichet où une femme très fardée tient un registre et une caisse.

« Bonsoir, mon mignon ! »

Le ton légèrement vulgaire me décontenance un peu, mais je décide d'affronter la situation avec courage et détermination :

« Bonsoir !

— Que fait un beau gars comme toi dans un endroit pareil ? »

Je rougis quelque peu, elle ajoute :

« Oh ! C'est ta première fois ?

— Dans une maison ? Oui !

— Voilà comment ça se passe ici : on paye d'avance, ça fait quinze dollars la demi-heure, tu prends un bout de savon, une serviette et tu passes à côté pour choisir la fille que tu veux. »

En voyant ma canne elle rajoute :

« Je te préviens, pas de truc bizarre sinon tu passeras par la fenêtre !... »

Je dépose les billets verts sur le comptoir et prends mon nécessaire de toilette. Sur la gauche, il y a deux grands rideaux bordeaux qui donnent sur une large salle. Une fois dans la place je me sens vraiment très mal. Des femmes dénudées s'exposent sur des divans et des sofas. Il y a de tout, des blondes, des brunes, des rousses, des jeunes, des moins jeunes, des grosses, des frêles. Deux ou trois hommes en tiennent sur leur genou, ils palpent la marchandise avant de faire leur choix. Ne voulant pas me fourvoyer, je décide d'ignorer toutes celles qui me rappellent les deux femmes de ma vie. Je mets de côté : les petites, les brunes et les typées italiennes ou irlandaises. Par goût, je n'aime pas non plus les femmes fortes. Mon choix n'en n'est que plus aisé. Perchée sur une chaise haute, une femme d'une trentaine d'années, mince, avec un chignon blond et de très beaux dessous, attire mon attention. Elle semble me regarder. Je me dirige vers elle.

« Mademoiselle ? »

Elle sourit en se moquant un peu de moi :

« Vient mon beau brun ! »

Elle prend ma main, monte à l'étage et me fait entrer dans une chambre. L'odeur est différente de celle du bas. En fait, tout est imprégné de semence masculine. En me regardant droit dans les yeux elle me demande :

« Que veux-tu beau gosse : ma bouche, mon sexe, mon cul ? »

Je veux tout, mais il faut une réponse :

« J'aimerais un rapport normal !

— Viens près de la bassine et lave-toi. »

Pendant que je m'exécute, elle se met toute nue. Malgré son terrible métier, elle me paraît, une fois dévêtue, fragile et faible. Sa peau est très douce. Elle refuse de m'embrasser, mais je peux la caresser, l'étreindre, je suis très doux et prévenant et je lui demande comme une prière de ne pas feindre le plaisir. Elle gémit un peu et me serre lors de mon orgasme. Elle me sourit et me glisse à l'oreille :

« Mon petit nom c'est Kinye ! Si tu reviens pense à moi, les clients comme toi y en a pas tant que ça ! »

Je me rhabille sans hâte et comme la demi-heure n'y est pas, nous échangeons quelques mots. Rien d'extraordinaire, mais au moins, elle ne me questionne ni sur la guerre ni sur mon infirmité.

Avant de la quitter, je lui glisse un pourboire dans son corset. Elle me prend la main pour redescendre. Je suis ravi de pouvoir aimer à nouveau le corps des femmes, et abattu à l'idée de ne pouvoir conquérir un cœur.

La guerre est finie depuis plus d'un an. Toutes les tensions retombent, sauf dans quelques États comme le Kansas où les frères James et Younger font régner la terreur par le sang, les vols, les viols et les assassinats.

Une vieille connaissance me revient aussi tristement en plein cœur, l'ex-général confédéré Nathan Bedford Forest qui ne devient rien de moins que le précurseur du Ku Klux Klan, le fameux KKK ! Les Noirs ne sont plus légalement esclaves, mais ils deviennent les proies de ces maudits chasseurs de têtes. Le sud se tache à nouveau de sang.

Chapitre 21

Les mois s'écoulent paisiblement. Pour Noël 1866, Kate part pour une huitaine chez sa mère. Je décide de mon côté de partir pour l'Irlande afin de rendre un dernier hommage à ma grand-mère maternelle. Je prends le bateau pour la première fois de ma vie. Je me rends vite compte que je n'ai pas le pied marin néanmoins j'apprécie cet autre moyen de transport. Les cabines sont un peu exiguës, mais très confortables et tous les voyageurs semblent heureux. De nombreux Américains sont de souche anglaise et irlandaise. Tout ce petit monde a décidé de passer les fêtes en famille. Le bonheur est palpable et si réjouissant.

En dehors de Rosa et de Kate, que je considère comme ma fille, je n'ai plus de famille.

La première est au Canada pour affaires et la seconde à Akron. Noël est une fête de famille et, à ce titre, je trouve légitime de le passer avec Mamie May.

L'Irlande est vraiment un beau pays, si vert, si sauvage, si naturel.

Tout y est paisible et frais. Le lieu idéal pour méditer et se délecter des bienfaits de la nature. Un vrai coin de paradis pour moi.

Avant mon départ j'ai câblé à un lointain cousin l'heure théorique de mon arrivée à Londonderry, tout là-haut, dans la pointe nord de l'Irlande.

À mon plus grand étonnement, ils ne sont ni un, ni deux, mais une bonne douzaine – sur le quai – à m'attendre. Quelques têtes rousses bien sûr et une jolie femme brune, très brune, avec le teint pâle, le portrait de Mary avec dix ans de plus.

Ils m'accueillent comme je n'en ai pas idée. Ce soir-là et les suivants aussi, j'ai bu, mangé, dansé à tomber par terre. La bonne et épaisse bière brune a coulé à flots.

J'ai acheté des cadeaux, mais hélas pas pour tous, lorsque je m'en excuse, ils rient tous de bon cœur et m'entraînent dans une farandole effrénée. La femme brune m'aide à ne pas trébucher. À cause de ma jambe, je dois littéralement sauter en permanence pour ne pas tomber. À la fin, tout le monde s'embrasse et Chirley, la pétillante brune de trente ans, me murmure une phrase chaude qui me baigne de bonheur encore aujourd'hui :

« Tu sais, Charles, ici les cadeaux n'ont aucune importance, le seul vrai cadeau c'est ta présence parmi nous… »

Je suis encore bouleversé par ce doux sucre de chaleur humaine. Ce sont ces mots-là qui guérissent et apaisent, de l'amour en barre, de la vraie chaleur, celle qui vient du cœur. Je la serre très fort en lui donnant un baiser sur le front, j'aimerais bien... Mais elle est promise à Dean, un brave homme qui la mérite bien. Le 25 décembre, je me suis préparé un petit panier de provisions et, comme promis, je passe la matinée sur la tombe de Mamie May.

Je lui parle longuement de tout, lui raconte tout ce qu'elle ne sait pas et je dépose une fleur sur la pierre tombale. Je mange tout près d'elle en trinquant à sa santé, la santé d'après...

Je repars de Londonderry comme j'y suis venu. Les rires fusent sur le quai, même si des larmes discrètes perlent de-ci de-là. Pour tous ces êtres formidables, la vie est une fête. C'est sûr, eux, ils ont tout compris.

Les cours reprennent le 2 janvier. Je suis vraiment bien, la tête aux études et le cœur quelque part au-delà des mers.

Kate aussi est resplendissante, tout s'est très bien passé en Ohio.

L'hiver est rude et la cheminée nous prodigue sa douce chaleur bienfaisante.

À l'université, je me suis fait deux amis, deux vrais amis. L'un d'entre eux n'est autre que Paul Tipet, le fils du célèbre rédacteur en chef d'un journal très apprécié dans tout l'État du Maine. Il n'a pas voulu suivre les traces de son paternel et il veut, lui aussi, enseigner l'histoire. Son père n'a guère apprécié, mais leurs relations sont excellentes. Il faut dire que Paul a trois frères, la relève du journal est assurée.

Notre rencontre et notre profonde amitié ne sont vraiment dues qu'au hasard, mais je dois dire que la profession de Monsieur son père me donne une idée, et je commence à faire des projets pour ma petite protégée. Je sais qu'un jour j'aurai besoin des services de Monsieur Tipet Sr.

Les mois défilent à une cadence infernale. Kate devient une vraie jeune femme, elle brille aux études et sa dernière année scolaire est un vrai feu d'artifice. De mon côté, tout se passe bien. J'enchaîne les examens sans trop de difficultés et je deviens un client assidu de la maison à la lanterne rouge. Je prends soin de changer fréquemment de partenaire afin de ne pas m'attacher, mais malgré tous mes efforts mon cœur flanche un peu. Je me reprends rapidement. Mon corps exulte, mais je force « ma pendule » à rester au repos. Je pourrais essayer de trouver une âme sœur, mais un boiteux avec une mèche blanche et à la mine trop sérieuse cela n'attire pas, du moins c'est ce que je crois. Je ne veux surtout pas inspirer la pitié, je n'ai pas besoin de cette aumône sentimentale.

Il m'arrive parfois d'avoir de beaux atomes crochus avec certaines jeunes femmes, mais je n'arrive pas à combattre mes souvenirs sentimentaux et – tôt ou tard – je décroche.

Et les années passent…

Chapitre 22

Juillet 1868.

Cet été la chaleur couvre tout l'État, Kate a terminé ses études secondaires avec brio et il faut penser à l'après. J'en ai parlé longuement avec Paul, mais je veux peaufiner la solution avant d'en informer ma protégée.

Soir du 4 juillet, encore un 4 juillet…

Je m'endors de très bonne heure, fourbu par ma journée.

Je fais un rêve érotique, même, pour dire vrai, très sexuel. Je rêve que Rosa me fait une fellation et comme souvent avec ce genre de songe on se réveille au moment le plus crucial. Cette fois aussi, mais à ma grande stupeur, Kate est allongée à côté de moi, nue, tête-bêche, mon sexe dans sa bouche et je viens de jouir. Je me dérobe immédiatement et recouvre ma nudité avec le drap. Je suis abasourdi.

Kate essaye de me sourire en pleurant :

« Je t'aime Charles ! Je veux être à toi…

— Non ! Non !… »

Bien sûr je l'aime, mais comme un père ou comme un frère. Je ne veux ni de son corps ni de son cœur.

« Comprends-moi Kate ! Je n'ai pas ce genre de désir.

— C'est à cause de mon infirmité ? !

— Ne dis pas de bêtise ! Tu es très belle, mais tu es comme ma fille, ma sœur, et je ne veux pas de ce genre de relation avec toi. »

Elle pleure de plus en plus et je prends la décision à ce moment-là d'axer la conversation sur un tout autre sujet. Il me faut impérativement feindre et désamorcer cette situation trop difficile, alors, je prends les devants et décide de lui avouer mes plans :

« Kate, tu as réussi tous tes examens et je sais que tu veux, plus que tout, devenir journaliste. Paul, mon meilleur ami, est le fils du rédacteur en chef d'un grand quotidien du Maine. »

Elle pleure un peu moins et m'écoute avec attention.

« Son père est prêt à te prendre comme pigiste, il peut te loger au journal, il y a plusieurs appartements.

— Mais... Charles...

— Il te faut apprendre le droit et l'université de Colombus ne l'enseigne pas. Par contre, à quelques kilomètres du bureau du journal, il y a une université qui donne les cours qu'il te faut. Ton travail te permettra de vivre correctement puisque tu seras rémunérée. Pour le superflu, je serai là, je t'ouvrirai un compte et je l'approvisionnerai régulièrement. »

Kate se calme, mais elle pleure toujours. Elle supplie :

« Mais... et nous ? …

— Nous ? Nous nous verrons régulièrement. Je te rendrai visite chaque fois que je le pourrai et je compte bien que tu en feras autant pour moi. »

Elle ne sait plus que dire, moi je suis très secoué par ce qui vient de se passer.

J'avoue aussi que j'ai peur de me retrouver seul, sans elle. C'est probablement pour cette raison que j'ai retardé cette proposition, mais cette fois, l'heure est venue.

L'été est lourd et orageux.

J'ai revu Paul et nous avons parfait le devenir de ma petite sœur de cœur.

Son père est même très excité à l'idée de récupérer le petit génie qu'est la jeune femme.

Le 20 août, jour du départ de Kate, le ciel s'obscurcit brusquement quelques minutes. Le temps se transforme au rythme de mon humeur. Son départ me crucifie, mais il est nécessaire.

Kate est sincèrement amoureuse de moi et sa souffrance saute aux yeux. Elle m'avoue que depuis le premier jour ses sentiments à mon égard sont très forts, mais au jour de ses dix-huit ans, elle a commencé à éprouver du désir physique et, ce qui devait arriver, est arrivé...

Avant son départ pour le Maine, elle s'excuse pour son comportement. Nous nous étreignons de toutes nos forces et elle me donne un léger baiser sur les lèvres.

Après le départ du train, je me sens comme vidé de l'intérieur et je ne veux surtout pas rentrer à la maison.

J'ai vingt-six ans, un avenir tracé et, sous mes pieds, un gouffre sentimental sans fond.

Plusieurs semaines me séparent de la reprise des cours, j'en profite pour retourner en Irlande voir ma famille de cœur. Bien sûr, je m'assure auparavant que Kate est bien arrivée et bien installée.

27 août 1868, Londonderry.

Comme la première fois, tout se passe très bien. Charley, la jolie brune va épouser Dean le 29 du mois. Personne ne m'a prévenu, ils ne veulent pas de cadeau, mais je suis invité, je l'apprends trois jours avant mon départ, coïncidence de cœur et de pensées.

Un mariage irlandais, il faut voir cela au moins une fois dans sa vie. C'est vrai, il y a quelques débordements, quelques bousculades, quelques mots plus hauts que les autres, mais que de rires, de joie et de plaisir. L'alcool, les ripailles, l'amour, tout coule à flots. J'ai, pour cette occasion, une cavalière fort sympathique et plutôt mignonne. On ne veut pas me voir seul et Keny s'est portée volontaire pour la semaine entière. On ne se quitte pas du lever au coucher. C'est une pétillante rousse de vingt-cinq ans, très joviale et très portée sur la chose, ce qui n'est pas pour me déplaire. Malheureusement, l'état de fête permanent nous empêche de dessaouler complètement et vers la fin de mon séjour, je n'arrive plus trop à discerner la vérité du rêve. Qu'ai-je vécu pendant ces quelques jours ?

J'avoue que je ne sais plus très bien, mais quel bonheur ! Tout oublier pendant huit jours, arrêter le temps, jeter les souvenirs, se contenter d'être, c'est formidable, magique.

Automne 1868…

Cette période est la plus triste de ma vie. Je suis seul, tout me paraît inutile… mais Kate a besoin de moi, du moins sur le plan matériel, alors je lutte contre ma désespérance. Je me noie à nouveau dans mes cours. Paul et Henry Meldon, un autre ami, viennent souvent chez moi. Nous parlons politique, vie sociale, modernisme, sans oublier de ressasser les éternels problèmes suite aux conséquences de la guerre civile. Quelquefois, nous sortons les cartes ou les dés. Henry est fiancé à une plantureuse fille d'une des plus grandes familles de l'État. Ça n'a pas l'air de le réjouir. Il faut dire qu'il n'a pas eu le choix. Les railleries fusent :

« Un jour, il finira par nous claquer la porte au nez ou par perdre sa future moitié »…

Le vin, le bon vin français nous déride un peu et quelquefois la nuit finit en véritable pugilat. Mais après le beau temps... la pluie !…

Je n'ai aucun vrai problème, mais rien n'a de saveur. Mes quelques instants de bonheur je les puise dans *la maison rose*. Je ne m'y rends plus que deux fois par mois, non pas à cause d'un problème financier, mais parce que je commence sérieusement à connaître toutes les pensionnaires et j'ai une fâcheuse tendance à m'attacher et à souffrir.

Je pourrais aussi rester en Irlande, quelques femmes seraient ravies de m'avoir pour mari, mais mon but ultime
est de finir mes études en Amérique et d'enseigner « *Ma
Guerre* ».

Il faut aussi préciser que, secrètement, je n'oublie pas
Mary, j'espère encore et toujours... La vie me prouve –
chaque jour – que le hasard peut tout, vraiment tout...

Chapitre 23

2 mai 1870.

Ce matin le préposé des postes m'apporte un télégramme. Kate s'est fiancée et elle pense se marier en septembre ; je suis expressément invité. Elle a vingt ans et finit son apprentissage. Le père de Paul, Monsieur Tipet, la garde au journal. Ma petite sœur s'avère fort douée et son patron entrevoit un brillant avenir pour elle. Quelques jours plus tard, je reçois une lettre de sa main :

Mon très cher Charles,

Je suis heureuse ! Je vais épouser un homme que j'aime, j'ai du travail, et quel travail !!

Je te dois tout et, ne pouvant te rendre la pareille, je te garde à jamais une belle place là, tout au fond de mon cœur.

Surtout, tâche de te libérer pour le 15 septembre. La fête ne sera pas totale sans toi.

Ta petite protégée qui t'aime.

BISOUS. Kate

Pendant les deux dernières années, Kate m'a écrit une fois par semaine et nos emplois du temps respectif nous ont permis de nous rencontrer une fois par mois. Je sais qu'elle travaille très bien et qu'elle s'épanouit au journal. Elle ne m'a pas parlé de son futur époux, elle m'a avoué qu'elle voulait être sûre de lui et d'elle avant de m'en informer. Je suis sincèrement très heureux pour elle et je ne raterai son mariage pour rien au monde.

En cet été 1870, je finis ma cinquième année d'études et je viens de fêter très discrètement mes vingt-huit ans. Je reçois des nouvelles des quatre coins du pays, de mes amis, de ma tendre et sincère famille irlandaise, de Rosa et de Kate, mais mon quotidien est fade et sans âme.

15 septembre…

Un jour très marquant. Kate, qui est déjà très belle au naturel, est resplendissante, divine, un véritable petit ange.

Je ne suis pas peu fier de la mener seul sur le seuil de la porte de l'église. Sa mère n'est pas venue, *basse-cour* oblige, mais son frère et sa sœur sont bel et bien là, bien habillés et mieux éduqués. Ils savent lire et se tenir. À coup sûr, ma fille de cœur est passée par là. Leur petite cabane s'est transformée en une maison digne de ce nom et les quatre animaux déplumés se sont métamorphosés et multipliés.

Lorsque j'entends les « Oui ! » respectifs, je ne peux m'empêcher de réprimer un très douloureux pincement au cœur ; non pas à cause de la cérémonie à proprement parler, mais parce qu'à la seconde même où les alliances trouvent les annulaires, Kate m'échappe. Elle est désormais protégée de toutes les façons possibles, et moi je deviens quelque peu inutile. Mais je camoufle bien mon vide intérieur, la fête est à son comble et je ne veux pas la gâcher en quoi que ce soit, surtout aux yeux de « mon petit ange ».

Le repas, la musique, les danses, tout est parfait, pas la moindre fausse note. Kate me présente Stan McPherson, l'heureux élu. C'est un charmant jeune homme au regard vert. Sa poignée de main est franche et enjouée. Il est grand et svelte. Stan est rédacteur adjoint aux faits divers dans le même journal que Kate. Il est le cadet d'une grande famille du Maine ; ses parents sont des commerçants prospères et tout ce petit monde s'entend à merveille. Kate s'est trouvé une belle et grande famille. J'ai aussi remarqué un changement chez ma protégée : elle a dû subir une opération chirurgicale du pied et elle porte désormais un petit appareillage, plutôt discret, qui lui permet de soulager largement son handicap.

Le patron du journal et les parents de Stan ont tout organisé et comme ils ont refusé mon aide financière, j'ai décidé de « charger » pour le cadeau. Je leur offre un voyage en Europe, à Venise en Italie. C'était mon rêve à moi et je me souviens que Kate m'en avait parlé après une lecture qui l'avait fortement émue.

Je me grise volontairement ce soir, sans toutefois me saouler. Je sais qu'il vaut mieux pour moi être là sans y être vraiment.

Nous passons la journée du 16 tous les trois : Kate, Stan et moi. Nous faisons le tour de la ville à mon rythme, canne oblige. Nous échangeons bon nombre de banalités et abordons quelques beaux sujets comme : les enfants, l'histoire et l'amour. C'est une coupure dans mon morne quotidien.

Le 17 septembre, je reprends mon moyen de transport préféré, le train. Je serre et embrasse les deux tourtereaux tout en dissimulant – du mieux possible – mon désarroi et mon anxiété. Nous secouons le traditionnel mouchoir et, bien sûr, nous versons quelques larmes.

Je pense que pendant ces trois jours, j'ai ressenti ce qu'un vrai père éprouve pour sa fille, de la fierté, une tendresse au bord des yeux et un serrement de cœur au : « Oui !! » Et, juste après, une sensation d'abandon et d'inutilité.

Après une heure de route, je m'endors, vidé, incapable de lever le petit doigt, incapable, même, de penser…

221

Chapitre 24

Juin 1873...

Je viens d'obtenir ma chaire d'histoire et je peux désormais enseigner ce que je sais.

Kate est maman depuis une semaine d'un beau petit John, en l'honneur de son frère. Elle commence à rédiger des articles importants, mais pas encore à la « Une », patience je sais qu'elle y parviendra.

Rosa ne parvient plus à évaluer sa fortune, elle commence à souffrir d'une étrange maladie due au surmenage ; on appelle cela : une dépression nerveuse.

Il lui arrive, et je l'ai constaté lors de l'une de ses invitations, de se mettre subitement à trembler, à s'affaler dans un fauteuil en pleurant des heures entières. C'est très déconcertant.

Elle vit entourée de domestiques et elle a pris le service d'une infirmière à domicile. Par deux fois déjà elle a perdu connaissance.

Mis à part son comptable, il n'y a aucun homme dans sa vie, il n'y a d'ailleurs aucune place pour eux.

Elle est plus riche que jamais, mais à quel prix !

Chirley et Dean ont trois enfants, dont deux jumeaux qui trottinent déjà.

Henry ne s'est pas fiancé, il a même quitté le pays. Il s'est installé en France, à Paris, où il travaille à l'ambassade américaine.

Paul Tipet s'est marié depuis peu avec une ravissante Espagnole prénommée Carlotta. Il a réussi sa chaire et enseigne l'histoire générale au collège où Kate a étudié. Quant à moi, j'ai fait deux années d'études supplémentaires afin de me spécialiser sur la guerre civile de notre pays.

Décembre 1872…

Ce soir, j'ai une visite très inattendue. Un homme blond et très carré frappe à ma porte, nous sommes la veille de Noël. À ma vue, il me décroche un large sourire franc et communicatif et me salue :

« Bonjour Charles !… Alors, sergent major, on ne me remet pas ?

— Kent ! Kent Fessenden !

— Eh oui ! C'est bien moi !

— Tu es méconnaissable sans ton uniforme.

— Oh non Charles, ce n'est pas l'uniforme, c'est plutôt l'âge. J'ai bientôt cinquante ans et crois-moi je le sens !

— Entre ! Je nous sers un verre ?

— Plutôt deux ! La route a été longue depuis Washington !

— Tu viens spécialement pour me voir ?

— Non, je viens en passant. En fait, j'ai quitté l'armée le mois dernier et je pars définitivement m'installer en Suède à Orebro, dans le nord-est du pays. J'ai une lointaine cousine là-bas et ils ont besoin d'un bûcheron.

— Tu pars sans regret ?

— Oh non ! Je n'aimais pas la façon dont le gouvernement "achetait" les territoires de l'ouest aux Indiens. J'ai eu de nombreuses prises de bec avec ma hiérarchie.

— Ils ne t'ont pas enfermé ?

— Non, j'étais commandant lorsque je leur ai donné ma démission. Ils ne pouvaient pas faire grand-chose, surtout pas avec un vétéran qui a connu les cinq années de guerre. Mais ils me rendaient la vie impossible alors j'ai préféré me retirer… Tu sais, je suis ravi de te voir, tu as vraiment l'air en pleine forme.

— Oui, tout va bien pour moi. Je suis bien installé, j'ai fini ma dernière année d'études. Si tout se passe bien, l'an prochain, je serai enseignant.

— Félicitations ! Et professeur de… ?

— Je vais tenter d'expliquer le pourquoi et le comment de la guerre civile.

— Oh là ! Y a du boulot ! Bon courage.

— Au fait, comment m'as-tu retrouvé ?

— Curieusement, par l'armée. Ils notent absolument tout dans leurs registres. En tant qu'héros de guerre, décoré de la plus haute distinction militaire, ton nom figure en bonne place et ton adresse aussi. »

Je suis un peu surpris, mais pas franchement étonné. Mary n'a pas dû réussir à obtenir cette information parce qu'elle a « abandonné » l'armée. De toute façon, le gouvernement sait tout.

« Au fait Kent, sais-tu ce qu'est devenu le major Irvin Jacob ?

— Oui ! Il a fini son temps, il n'en pouvait plus de tout ce sang. Il est enfin parti à la pêche comme il ne cessait de le répéter chaque jour. Mais avant son départ définitif, il m'a demandé de venir te voir. Il voulait que tu saches qu'il ne t'avait pas oublié et – qu'à sa manière – il veillait sur toi. Il a bien reçu tes lettres, mais il ne t'a pas répondu pour que tu finisses par oublier ton passé guerrier.

— Cela ne m'étonne pas de lui, mais je me réjouis de le savoir en vie et probablement heureux. »

Je me sens soulagé de le savoir encore de ce monde. Il est et restera toujours mon ange gardien…

« Restes-tu quelques jours avec moi Kent ?

— Non Charles, je prends le train de 14 heures pour New York où un bateau m'attend pour l'Irlande ; par la suite, un autre transporteur m'acheminera en Suède à Orebro. Si tu le veux, une fois que je serai installé, tu pourras venir voir mon pays de souche !

225

— Avec grand plaisir. Mais surtout, écris-moi !

— T'inquiètes pas Charles !... »

L'irruption de ce souvenir à deux pattes me replonge en 1863, au jour où j'ai rencontré Kent pour la première fois. Je venais de constater la disparition de Mary. Tout me revient en mémoire avec une infinie précision. Cela fait plus de dix ans, mais je la revois comme si c'était hier. Mon cœur se fissure à nouveau. En fermant les yeux, je peux presque la voir, la toucher, la serrer dans mes bras. C'est terriblement douloureux. Je ressors les croquis au fusain que j'ai fait d'elle pour ne jamais l'oublier et je passe plusieurs jours à pleurer, cloîtré chez moi, complètement désespéré.

Cet été, afin de me changer les idées, je passe mes vacances à visiter l'État, du nord au sud. À mon retour, le 30 août, je trouve une lettre singulière dans mon courrier. Une lettre de ma chère sœur. En voici le contenu :

Charles

Père nous a quittés le 10 août à la suite d'une embolie pulmonaire.

L'enterrement a eu lieu le 12 à cause des trop fortes chaleurs.

Mère est alitée, mais son état de santé n'est pas préoccupant.

La fabrique connaît une passe très difficile et je me vois contrainte de diminuer ta pension de moitié. J'espère que tu le comprendras.

Ta sœur dévouée.

Judith.

La mort de mon père m'attriste quelque peu, mais au fond je suis ravi de ne pas être allé à son enterrement, je n'y avais pas ma place. Je soupçonne ma sœur d'avoir fait d'une pierre deux coups et je sais que la vraie raison qui l'a poussée à m'écrire c'est la diminution de la rente. Mais autant j'ai accepté l'aide légitime de mon père qui, à défaut de m'aimer, ne faisait pas semblant et jouait franc jeu avec moi, autant je me refuse à recevoir l'aumône de Judith. Je lui renvoie donc un courrier sans équivoque. De toute façon, je gagne très correctement ma vie. Je prends ma plume :

Judith,
Tu peux cesser tout paiement. Ne t'inquiète pas je ne te créerai pas de problème.
Avec la somme que tu devais m'envoyer pour octobre, je te prie d'acheter des fleurs pour la tombe de papa. Merci.
> *Charles*
PS. Je préviendrai le notaire et l'informerai de nos nouveaux arrangements. Il rectifiera les documents.

1er octobre 1873.

Mon premier cours, mon premier auditoire…

Je bafouille un peu, mais je crois que le courant passe bien entre les étudiants et moi. Je ne réussis pas à boucler mon programme de la journée, mais je suis assez content de moi. J'aime ce que je fais.

Je me plonge, jour après jour, dans la préparation de mes cours, idem le samedi et le dimanche, et je ne vois pas du tout le temps passer. Je fais des recherches à la bibliothèque municipale, je cours de chez moi à la faculté, je n'ai même plus le temps de faire mes courses et je mange souvent sur le pouce. J'ai un peu délaissé tout mon petit monde pendant ces quelques mois et juin 1874 arrive sans crier gare.

Je passe l'été à peaufiner la rentrée estudiantine. Pas de vacances ni de temps mort.

Mais aujourd'hui, nous sommes le 10 octobre et je commence déjà à m'ennuyer. Les blancs de mes soirées

commencent à revenir très souvent et les souvenirs douloureux reviennent à la charge. Je me remets à fréquenter
la maison rose.

Chapitre 25

Soir du 12 décembre 1874...

Je me tiens dans le petit vestibule de l'entrée du bordel. Toutes les filles sont occupées. Je suis frustré et un peu impatient. À cet instant, je remarque la caissière, ce n'est plus celle que je connais. Il faut dire que, depuis ma première visite dans cet établissement, j'évite de dévisager ni même de regarder la préposée au savon et aux serviettes. Je n'aime pas ce passage pourtant obligatoire, cela casse l'ambiance et la magie des lieux. Mais je me demande depuis combien de temps cette femme occupe ce poste. Elle est rousse avec de longs cheveux bouclés. Ses lèvres sont pulpeuses et parfaitement dessinées. Un maquillage étonnamment léger souligne ses magnifiques yeux en amande, d'un marron presque noir. Ses courbes, du moins ce que j'en vois, sont très féminines et juste comme il faut. Elle est de taille moyenne, je dirais un mètre soixante et paraît avoir mon âge. Comment ai-je pu ne pas la remarquer auparavant ?

Je sors un cigare et me dirige vers elle pour lui demander du feu, il me faut bien un prétexte.

« Avez-vous du feu s'il vous plaît ?

— Non, désolée Monsieur McAndrew, mais je ne fume pas ! me répond-elle un gracieux sourire à l'appui.

— Vous me connaissez ?

— Vous savez les filles parlent beaucoup et je n'ai guère besoin de tendre l'oreille, un homme qui se conduit en gentleman, et généreux de surcroît, cela ne court pas les rues par ici. Il y a surtout des maris frustrés au budget serré ou des gros riches aux penchants douteux, voire bizarres. Des célibataires au grand cœur qui savent écouter le corps et le cœur des femmes, je n'en connais pas d'autres que vous. »

Son compliment me va droit au cœur. Sa voix est limpide et grave, j'y décèle un bel accent slave. Ses traits sont fins, très féminins ; son sourire est éclatant. La Femme dans tout ce qu'il y a de plus beau. Je suis sous le charme et, moi qui n'ai aucune tendance à la timidité, je me mets à rougir jusqu'aux oreilles. Comment ai-je pu ne pas la voir ? !

Je ne veux pas que cette discussion s'arrête :
« Vous êtes ici depuis longtemps

— Cela fera bientôt six mois !

— Vous avez un charmant petit accent !

— Je suis Hongroise de naissance. »

Après un blanc assez court et comme nous sommes seuls, elle ajoute :
« Vous savez qu'il m'arrive parfois de monter avec un client... »

Je suis surpris et muet, toujours sous le charme. Elle me regarde droit dans les yeux et me dit à voix basse :
« J'aimerais que vous ayez envie de moi... »

Je bafouille :
« Oui, mais... j'ai envie... de vous...

— Vous savez mes tarifs sont plus élevés mais avec vous je serai raisonnable. »

Je ne discute surtout pas du prix, de toute façon j'aurais dit oui à tout ce qu'elle m'aurait demandé. Elle me prend la main, passe ses pouvoirs à une fille qui vient de redescendre et m'entraîne dans le sillage de son doux parfum.

« Vous savez Charles, en fait je vous ai repéré depuis mes débuts ici. J'ai bien remarqué votre tristesse, vos absences ; vous semblez souffrir continuellement. Cette apparente désespérance m'a beaucoup attirée, mais vous étiez si absorbé par vos lourdes pensées que vous n'avez jamais fait attention à moi, du moins jusqu'à aujourd'hui. »

Je m'empresse de lui répondre :

« Je m'en excuse et je ne m'explique pas comment j'ai pu vous regarder sans vous voir ! »

Elle ouvre la porte d'une jolie chambre bien décorée qui embaume les essences de lavande. Je dépose discrètement les billets sur le chevet, j'ai plus que doublé la somme habituelle. Je fais ma toilette pendant qu'elle se déshabille. Nu, son corps est somptueux, mais je décèle, de-ci de-là, quelques cicatrices révélatrices d'un passé difficile. Bien sûr, je n'en dis mot. Lorsqu'elle se dirige vers moi et qu'elle me regarde, nu que je suis, ma gêne décuple. Elle me sourit, le visage empreint d'une infinie tendresse. Ses grands yeux noisette qui finissent légèrement en amande ainsi que ses lèvres pulpeuses à souhait me sourient. Je la prends dans mes bras et la serre contre mon cœur en lui caressant doucement les cheveux ; ils sont d'un roux pur et descendent en fines boucles jusqu'au bas de ses reins. Je pense qu'elle va me repousser délicatement comme toutes les autres : on achète du sexe et du plaisir, mais certainement pas de la tendresse et encore moins de l'amour. À mon grand étonnement elle n'en fait rien, au contraire, elle me serre aussi et dépose un baiser au creux de mon cou. Elle prend même mon visage à pleines mains et m'embrasse avec fougue.

Je suis décontenancé, mais radieux. Nos ébats sont tendres et sincères, sa jouissance, intense et profonde. J'en ai d'ailleurs presque oublié mon propre plaisir. C'est divin ! Sa peau diaphane est subtilement parfumée, ses yeux versent de petites larmes. C'est une émotion incommensurable ; vraiment bouleversant et si intense que nous nous endormons comme des masses, après, il est vrai, plusieurs heures d'amour.

Au matin, elle est debout et habillée, mais son sourire éclate toujours.

« Puis-je connaître ton prénom ?

— Bien sûr Charles ! Pour ici mon petit nom c'est Kelly, mais pour toi c'est Nina, c'est mon vrai prénom de baptême. »

Elle s'approche de moi avec lenteur, m'embrasse délicatement et ajoute dans le creux de mon oreille :

« J'ai déposé une enveloppe dans la poche droite de ton veston, mais promets-moi que tu ne l'ouvriras qu'une fois chez toi ! »

Je lui réponds par un sourire et un tendre baiser. J'aimerais rester et reprendre tout depuis le début, mais elle doit retourner à son poste, et moi… à mon travail.

Sur le chemin du retour au foyer je me sens radieux, non pas passionné ni bouleversé, mais apaisé, heureux de vivre et en paix avec moi-même.

À peine rentré je me dépêche d'ouvrir l'enveloppe. Elle contient la somme exacte que je lui ai donnée et un petit mot qui trône encore aujourd'hui en bonne place dans mon portefeuille. En voici la teneur :

Charles,

Avec toi, il n'est pas et il ne sera jamais question de travail. Si tu le veux, ma chambre sera aussi la tienne... Quand tu veux...

Je t'embrasse.

Nina.

Depuis ce merveilleux jour de décembre, ma vie a changé. Je repense moins à mes souffrances, les cauchemars de guerre s'estompent, mes douleurs de cœur deviennent plus supportables, mais surtout je me sens beaucoup moins seul. Je rends visite à Nina chaque jour. Nos soirées sont riches d'échanges et de plaisir. Elle est très cultivée, très douce, d'une écoute et d'une patience à toute épreuve. Nous nous racontons tous les détails de nos vies. J'apprends qu'elle a été violée par son père à onze ans, qu'elle a fui le domicile à treize ans et qu'elle a loué son corps pour survivre. Ses cicatrices sont la conséquence de clients mal intentionnés et de tentatives d'intimidations de proxénètes. À vingt ans, elle a réussi un pari fou : atteindre les États-Unis.

Sa faculté à apprendre les langues, sa culture et son don pour la comptabilité l'ont amenée à ce poste très particulier. Nos discussions sont très riches ; elle s'intéresse à tout, elle est avide d'apprendre, de savoir. Nous sommes – de plus – tous les deux très bavards et nos échanges continuent bien au-delà de la tombée de la nuit. Lorsque nos esprits sont fatigués, nous faisons place aux corps. Le fait que nous ne parlons jamais d'amour, que notre relation est vide de jalousie et de dépendance rend nos extases d'une intensité incommensurable. Tout entre nous n'est que plaisir.

Elle sait pour Mary, elle respecte mes souffrances, j'évite toutefois de lui parler trop d'elle. De son côté, elle m'avoue chercher le « grand amour ». Un homme qui ne saurait rien d'elle et qui tomberait amoureux en même temps qu'elle, un coup de foudre pour une nouvelle vie.

Bien sûr, nous déplorons tous deux que notre rencontre et notre découverte de l'autre se soient passées si vite, sans cour, sans tout ce qui fait monter crescendo l'émotion, le désir et les sentiments. Nous regrettons également que notre premier décor soit celui de : *la maison rose*, un bordel. Peut-être que, dans d'autres circonstances...

Mais ce qui est certain c'est qu'il n'y a entre nous que du bon.

Avec l'accord de sa patronne, elle a formé une autre fille pour tenir son rôle. C'est une jeune Irlandaise que je connais très bien : Patsy est malade et son problème l'empêche de continuer à officier comme « hôtesse ». Nina a abandonné aussi sa chambre pour venir s'installer chez moi, évidemment je lui ai proposé cela depuis le début, mais je n'ai rien demandé ni rien exigé d'elle. Elle a pris sa décision seule. Elle préfère légitimement s'éloigner de *la maison rose* pour avoir une chance de réaliser son rêve. Il est plus facile, pour nous, d'échanger dans la tranquillité et le calme de ma maison. Il n'y a aucun souci d'ordre matériel, Nina gagne toujours sa vie et le premier rentré prépare le repas.

Elle a fait la connaissance de Kate et de son mari Stan ainsi que de Paul Tipet et de sa femme, même tante Rosa a trouvé un peu de temps libre pour venir nous voir. Nous l'avons invitée sur trois jours – pendant les fêtes de Noël – en décembre 1875. Je l'ai trouvée très diminuée, fatiguée et sous dépendance totale des médicaments. Elle est venue en compagnie de sa jeune infirmière qui ne la quitte pour ainsi dire jamais. Ses habits reflètent très bien sa position sociale, mais ne parviennent pas à dissimuler sa maigreur et sa pâleur. Elle n'a rien modifié à son désir maladif de réussite. Les biens et l'argent occupent toujours tout son temps. Je souffre pour elle, il ne reste plus rien de notre passé, c'est triste et douloureux.

À son départ, nous lui avons souhaité encore plus de réussite, il ne lui reste plus que cela.

1877…

Après deux ans et demi de bonheur partagé avec ma tendre et jolie rousse, nous organisons pour le mois de juin une grande fête à Londonderry. Je baptise ce jour : « l'année de l'enfant ». En effet, Kate et Stan viennent d'agrandir la famille par un petit Charles, né le 12 février, Paul et Carlotta ont accueilli une petite Darla en avril et Chirley et Dean attendent un heureux événement pour la fin mai. J'ai très envie de faire connaître « mon Irlande » à

Nina et – après maints efforts – nous réussissons à réunir tout ce petit monde, exceptée tante Rosa, trop faible pour le voyage. Même Henry ainsi que le frère et la sœur de Kate ont fait le déplacement. Cinq jours de fête nous attendent : et cinq jours de folie irlandaise, c'est du sérieux. La musique, la bière, les rires, les danses, tout y est. Il règne une ambiance chaleureuse, tout baigne dans l'émotion. Henry s'est déniché une plantureuse blonde dont il ignore tout, même le nom. Nina, à mes côtés, s'amuse follement. Pendant une petite semaine, on oublie tout, tout est simple. Il suffit de vivre, de respirer, de boire, de manger et d'aimer.

Une pause vraie et hors du temps.

L'île verte a ce pouvoir, nous faire aimer la vie !

Kate prend de plus en plus de responsabilités dans son journal, elle n'a cessé ses activités que très peu de temps après son accouchement. Nous parlons très souvent tous les deux. Elle est heureuse en ménage et son handicap, grâce à un appareillage très moderne, semble avoir quasiment disparu. À propos de cela, nous avons eu Kate, Nina et moi, un fou rire extraordinaire : un des petits de Chirley, âgé de huit ans, a demandé à Kate si nous étions frère et sœur.

« Et pourquoi me demandes-tu cela ? avait enchaîné Kate.

— Parce que toi tu boites à gauche et Charles boite à droite ! »

Il était si sincère et si convaincu que nous n'avons pas voulu lui expliquer le pourquoi et, nous voyant rire de bon cœur, il s'est joint à nous. La musique aidant, la farandole nous a entraînés jusqu'au bout de la nuit.

Je comprends assez mal l'éternelle jovialité de nos hôtes et un soir j'en discute avec Dean :

« Vous respirez vraiment la joie de vivre ! lui dis-je.

« — Tu sais Charles, nous sommes comme tout le monde. Nous avons nos propres problèmes et, crois-moi, parfois ils sont vraiment de taille. Mais ici, en Irlande, la fête n'est pas qu'une simple fête, c'est une période où toutes les armes sont posées. On oublie les querelles, les rancœurs, la souffrance. Il n'y a de la place que pour la joie, la musique, les danses, les ripailles et l'Amour sous toutes ses formes. Si cela dure huit jours, on oublie tout pendant ce laps de temps, mais on reprend les hostilités le matin du neuvième jour. Tu n'es jamais venu ici en dehors des festivités et tu peux me faire confiance, tout redevient vite comme chez vous, aux États-Unis, morose, sans saveur. Seule la beauté naturelle de notre île nous réchauffe le cœur.

— Et Chirley ?

— C'est une bonne épouse et une excellente mère. Aujourd'hui, nous avons quatre petits et je crois que nous arrêterons au cinquième. »

Je trouve que c'est beaucoup cinq enfants, mais pour lui c'est une famille très moyenne.

Comme à chacune de nos rencontres, je le prie de venir chez moi accompagné de sa famille avant la fin de l'année, mais je connais déjà sa réponse : « C'est pas beau dans ton pays, mais si tu veux t'amuser viens quand tu veux, tu seras toujours le bienvenu ici ! »

Aujourd'hui, nous sommes le 20 juin, le jour de notre départ. Le bateau s'éloigne du port. Nous nous quittons une fois de plus. Le cœur gros mais ce ne sont que des au revoir avec leurs flots de larmes. Nous sommes tous fourbus, mais ravis ; tous, exceptée Nina qui me semble accablée et morose. Je respecte ses silences et me refuse à la questionner. Kate est intarissable, elle parle sans cesse et jure de faire un papier sur « ces braves gens ». J'oubliais ! Henry Meldon est resté plus longtemps que prévu et il est

236

comme collé à Sarah : « la belle plante blonde ». Je ne l'ai jamais vu aussi heureux. C'est sincèrement touchant.

Nous nous séparons de Kate après moult embrassades. Nina et moi retournons chez nous à Colombus. Cela fait deux ans et demi que nous vivons ensemble et je décèle en elle des petits changements de comportement. Elle est moins gaie, pensive, parfois même triste.

Un soir, voulant lui faire une surprise pour notre jour le 12 décembre – nos trois ans de rencontre –, j'ai acheté des fleurs et fait livrer un panier-repas de haute facture. Je suis rentré assez tôt de l'université.

Je l'ai trouvée en pleurs. Comme toujours, je n'ai rien demandé, mais je lui ai redis qu'elle pouvait se confier à moi. Elle n'en fit rien, elle se reprit même, mais notre anniversaire de rencontre ne fut pas fêté comme il se doit.

Janvier…

Elle s'est absentée plusieurs fois et elle a découché à trois reprises. Je ne suis pas un spécialiste de la psychologie féminine, mais je réalise bien qu'il se passe un événement capital pour notre avenir. Le lendemain de son dernier découcher, je décide de l'attendre. Je prépare un bon petit déjeuner et des litres de café brûlant comme je l'aime. J'ai, en ce 21 janvier 1878, trente-cinq ans et Nina en a trente-neuf. Je pense à cela lorsque j'entends la clef dans la serrure de la porte d'entrée. Elle me voit presque de suite, elle rougit violemment. Je la laisse se dévêtir dans l'entrée. Elle vient m'embrasser pour me dire bonjour, mais – comme depuis ces derniers mois – il n'y a plus de fond entre nous, juste une forme de tendresse. Nos ébats ont, eux aussi, périclité et même complètement disparu depuis plusieurs semaines.

Je l'invite à prendre le petit déjeuner avec moi. Elle accepte de bonne grâce, sans me questionner sur ma présence un jour de cours. Je remarque – de suite – son visage fatigué et ses yeux rougis. L'espace d'un instant, j'avoue que j'ai peur qu'elle ait replongé, pour de sombres raisons, dans l'enfer du trottoir. Derrière cette façade, je la trouve, malgré tout, un tantinet rayonnante.

Elle grignote à peine et se met à trembler. Ses yeux baignés de larmes m'implorent. Je lui souris et je lui dis :

« Alors, ça y est Nina ? »

Mon ton est doux, elle est surprise par mon sourire.

« Pardon ? !

— Le grand amour est arrivé ?

— Mon Dieu Charles… implore-t-elle en pleurant sans retenue.

— Cet homme, tu l'as rencontré à Londonderry ? À la fête des enfants ?

— Oui ! explose-t-elle.

— Alors il faut fêter cela ! Un rêve cela ne se réalise par tous les jours ! »

Devant ma sincère émotion, elle se lève d'un bond, renversant le café en passant et me serre de toutes ses forces.

« Ne pleure pas Nina… », lui dis-je doucement, sauf si c'est de joie !

Elle m'embrasse à pleine bouche, je devrais dire à plein cœur.

« Comment peux-tu être aussi bon... », me susurre-t-elle à l'oreille.

— Je t'aime à ma façon, j'ai toujours voulu ton bonheur même si je dois, d'une certaine façon, en faire les frais. Nous nous sommes toujours tout dit et je sais que cette fois tu as voulu m'épargner. Ton absence sera très douloureuse, mais te sachant heureuse, je m'en remettrai.

— Tu sais Charles, je n'espérais presque plus, mais tout est arrivé si vite. Je suis bouleversée, je ne savais plus comment faire et je m'en voulais de concrétiser le rêve de ma vie on te laissant là, seul, démuni.

— C'est tout à ton honneur, mais tu as eu tort de ne rien m'avouer. Tu t'es fait du mauvais sang pour rien, mais je te remercie pour ta délicatesse. »

Après son aveu et ses esprits retrouvés, elle m'explique calmement, mais passionnément les faits. L'homme de sa vie est un notable danois qui sillonne le monde et qui s'est retrouvé par hasard dans la même auberge que nous à Londonderry lors de notre repas de fête. C'est un aventurier au grand cœur et à la bourse intarissable. En femme d'esprit et malgré ses élans, ma belle Hongroise l'a testé sur tous les plans et Kurt – c'est son prénom – s'avère être un gentleman cultivé, honnête, sincère et un grand sportif de surcroît, bref : l'homme idéal. Bien sûr, Nina lui a caché son passé et son présent.

Je me suis mis d'accord avec elle pour me faire passer pour son cousin éloigné. Elle vient d'arriver de Hongrie et elle cherche du travail comme aide-comptable. Évidemment, je marche dans sa combine et nous invitons le beau Nordique pour le 12 février. Je veux sonder le personnage et Nina désire connaitre mon avis avant de s'engager plus avant.

Notre petit piège est bien ficelé et, au fond de moi, j'espère vraiment que Kurt sera à la hauteur, je veux que Nina s'épanouisse et j'appréhende cette journée de rencontre.

Mercredi 12 février…

Un excellent jour. Kurt se comporte plus que bien. Il est vraiment cultivé, ouvert et, chose rare pour un dandy, il affiche une vraie modestie. Il pratique bon nombre de sports, il connait énormément de choses : de la faune africaine aux coutumes asiatiques sans oublier les rites irlandais. Il n'étale pas son savoir, il fait tout pour plaire tout en restant humble.

Son amour pour Nina saute aux yeux, il est prévenant et galant. À plusieurs reprises, je fais des clins d'œil à ma protégée en guise d'approbation, ce qui lui fait afficher un très beau sourire. Elle est radieuse.

En fin de soirée, ils partent main dans la main.

Le lendemain matin, j'attends ma belle Hongroise pour lui faire part de mes impressions :

« Nina, je n'ai qu'un mot à te dire : fonce ! Ne laisse pas passer cette occasion. »

Pour toute réponse, elle me serre dans ses bras et m'embrasse délicatement dans le cou.

Le beau Danois reste une semaine à Colombus. Chaque jour est une fête, l'ambiance est conviviale et très heureuse. Kurt vient manger tous les soirs à la maison et, tous les soirs, nous discutons de tout. Nous sommes intarissables.

Le vendredi soir...

Kurt n'est pas venu et Nina est sombre, au bord des larmes.

« Que se passe-t-il Nina ? » lui dis-je quelque peu inquiet. Elle parle la voix brisée par l'émotion, mais sans parvenir à articuler. Je lui dis de se calmer et je lui laisse le temps de se reprendre.

« Charles, Kurt part demain... »

J'entrevois déjà la suite...

« Et... il veut que je parte avec lui... »

Je ne dis mot et me contente de lui sourire. J'ai compris que c'est définitif, mais je veux, avant tout, son bonheur. Je ravale l'angoisse de cette solitude à venir. Je prends sur moi :

« C'est plutôt une bonne nouvelle ? !

— Oui... mais je voudrais prendre le temps de te dire au revoir. Je ne veux pas que ça se passe comme cela. C'est trop rapide !

— Tu sais, la vie m'a prouvé que tout se joue en quelques secondes, que les occasions de changer son existence sont rares, que les opportunités ne se produisent jamais au bon moment. Tu dois écouter ton cœur et faire le bon choix. »

Elle me serre très fort.

Je veux rompre cette ambiance douloureuse :

« Viens, je vais t'aider à préparer tes bagages ! »

Nous emballons ses affaires dans un silence épais.

« Tu n'oublieras pas de m'écrire ? »

Ma voix est involontairement cassée, cela la remue en profondeur. Elle m'étreint subitement, elle est bouleversée. Elle ajoute :

« Tu veux qu'une dernière fois nous…

— Non Nina… »

Non pas que je ne veuille pas, mais une page est tournée et il ne faut rien y changer.

Ils sont partis comme dans un rêve ; il l'a enlevée sur le pas de la porte et l'a emmenée jusqu'à la diligence qui était parée pour la circonstance. Leur première étape : l'Afrique...

Et me voilà de nouveau seul en ce lundi 18 février 1878.

Je suis un peu fatigué et fourbu par tant d'émotions simultanées.

Mes cours à l'université me font le plus grand bien. Je me force à oublier le reste et je m'évertue à ne penser qu'à mon but initial :

« Écœurer notre jeunesse de la guerre et de ses méfaits. »

Chapitre 26

Voilà aujourd'hui plus de quatre ans qu'elle est partie.

Je reçois régulièrement des lettres de Nina. Ils changent, avec Kurt, très souvent de ville et même de continent. Le soleil rayonne dans sa correspondance. Elle est heureuse, presque enivrée par cette vie trépidante et changeante. Je la sais « bien » et cela me suffit.

Kate et Stan ont désormais deux enfants. Chacun d'eux, dans son travail, est au sommet de son art. Kate est venue à l'université il y a une quinzaine. J'ai donné une conférence sur la condition des hommes et des femmes de couleur depuis la fin de la guerre civile. Elle s'est débrouillée pour que son journal ait la primeur en plaçant son article à la « Une ». Elle est fière de son papier, mais moins que moi je le suis d'elle. Kate est aujourd'hui sous-directrice et rédactrice en chef du premier quotidien du Maine.

Grâce à son courage et son travail, le frère et la sœur de ma « fille de cœur » ont un travail, une maison, une « moitié ».

Leur mère a été emportée, il y a six mois, par une maladie des poumons mal soignée. La pauvre femme ne voulait pas entendre parler de médecin.

Rosa est alitée depuis presque un an, elle commence à s'éteindre doucement. Cela me déchire le cœur, car elle est encore bien jeune, mais malheureusement il fallait bien qu'elle paye – un jour – sa vie de surmenage et de course effrénée après la réussite sociale.

Chirley et Dean n'ont pas pu s'arrêter, ils ont sept enfants, trois garçons et quatre filles. La dernière, Tina, a tout juste deux ans.

Paul s'est séparé de Carlotta l'an dernier. Il voit sa fille assez souvent, mais le divorce s'est mal passé.

Henry est finalement resté en Irlande, il a épousé sa plantureuse blonde. Il a réussi à se faire muter à Dublin, à l'ambassade des États-Unis, il rayonne !

Il y a cinq mois, pour Noël, je suis allé passer une quinzaine de jours en Suède, chez Kent. Il vit paisiblement au milieu de ses bois. Son métier est rude, mais il n'en changerait pour rien au monde !

Lorsque je l'ai vu et malgré les années passées je n'ai pu m'empêcher de repenser à Mary. À trente-neuf ans et dix-neuf années après, tout m'est revenu en plein cœur. Je sais que je l'aime encore et que tout ce que j'ai vécu en dehors d'elle ne m'a pas marqué autant. Je n'ai pas cherché à refaire ma vie, car je sais qu'il n'y aura jamais deux Mary. Je préfère vivre seul, même si je déteste la solitude, plutôt que de me mentir à moi-même. Je sais qu'une autre femme m'aurait probablement beaucoup donné, mais elle n'aurait pas pu effacer son souvenir. Involontairement, j'aurais rendu ma compagne malheureuse.

En discutant avec le maître-artilleur je me suis remémoré les vieux cauchemars de mes années de combat. La mort de Stevie, l'exécution de Samuel et le dernier souffle du petit John. Le jour où j'ai appris pour ma jambe ; ma canne me le rappelle souvent. Le discours de Lincoln à Gettysburg. Les flots de sang, les amas de tripailles, les odeurs de poudre et de bois calciné. Tout revient vite et fort. C'est vraiment terrible.

Et puis, après une petite semaine passée avec mon bûcheron nordique, nous nous sommes quittés en nous promettant de nous revoir très bientôt.

Le mois dernier, j'ai reçu un faire-part de ma sœur, un faire-part de décès. Ma mère est tombée dans son salon devant ses invités, un homme d'affaires venait de faire une déclaration tapageuse sur un futur procès contre la société de ma sœur. Comme d'habitude, ma mère s'était effondrée et personne ne s'était inquiété outre mesure. Les domestiques l'ont couchée sur son lit. Mais cette fois, elle ne simulait pas. Elle venait de faire une attaque cérébrale foudroyante. La mort l'a emportée dans la nuit, en silence. Les médecins et le prêtre sont arrivés trop tard.

Voilà ma situation à l'aube de mes quarante ans.

Beaucoup de vécu, mais peu de concret.

Il me reste tout de même « ma guerre » et mes efforts colossaux pour en écœurer nos chers jeunes Américains...

Épilogue

10 mai 1882, midi.

Drriinnggg !!

Ma montre à gousset m'extirpe de mes souvenirs.

« Messieurs ! Posez vos stylos et déposez vos copies au bord de votre table. James, William et Greg ramassez les devoirs et posez-les sur mon bureau s'il-vous-plaît. Je vous souhaite une bonne réussite ! Et, j'espère, à l'année prochaine ! »

Traditionnellement, les étudiants se lèvent et applaudissent.

C'est leur dernier devoir et c'est aussi une façon de remercier leur professeur de l'année écoulée.

Dans un brouhaha de chaises, de rires et de discussions, l'amphithéâtre se vide et le calme remplace rapidement la tempête.

Charles range ses documents très posément et calmement comme à l'accoutumée. Il saisit sa canne, symbole de sa vie, et se lève. Il boite toujours à cause de la raideur de sa jambe blessée, mais c'est presque imperceptible. Il se tient très droit, ses yeux sont vifs et ses gestes sont décidés. Son ventre plat et sa belle musculature ne laissent rien entrevoir de la quarantaine approchante.

Seuls, sa mèche blanche sur la tempe et son regard douloureux prouvent sa grande expérience de vie et de mort.

Il quitte la salle… lorsque deux jeunes, une femme et un homme lui barrent le passage. Le jeune homme l'interpelle :

« Monsieur McAndrew ? Charles McAndrew ?

— Oui, que puis-je pour vous ? »

Le visage du garçon lui rappelle quelque chose. Au : « oui » de Charles, la jeune fille se met à pleurer et son compagnon n'en est pas très loin. Ils regardent le professeur avec une extrême émotion.

Charles se lance :

« Vous êtes étudiants ?

— Non, en fait nous sommes venus exprès pour vous voir... »

Des larmes empêchent l'homme de continuer. La jeune femme prend le relais :

« Nous sommes du Maine et cela ne se voit pas, mais nous sommes jumeaux ! »

Le Maine ? Peut-être un rapport avec Kate ?...

Inconsciemment, Charles ressent aussi une intense émotion. Cette rencontre est très étrange.

« Nous sommes May et Nelson et nous aurons dix-neuf ans en septembre... »

Charles essaye de comprendre sans parvenir à faire la lumière.

« Votre nom ? demande Charles d'une voix involontairement brisée.

— Notre nom ne vous dira rien, mais notre mère s'appelle Mary O'Sullivan... »

Charles resta coi. Il essaye d'articuler :

« Mar...

— Oui ! Mary O'Sullivan, monsieur ! Nous sommes nés en septembre 1863 ! Vous ne comprenez donc pas ? Nous sommes... vos enfants... souffle Nelson. »

Charles explose en sanglots. Il comprend sans vraiment comprendre, mais il veut, sans plus attendre, les serrer dans ses bras. Il en oublie son infirmité et sa canne l'abandonne. Son fils le rattrape avant la chute.

« Mon Dieu... Mon Dieu... Puis-je vous embrasser ? » implore-t-il.

248

Toute réponse est inutile. Ils restent de longues et intenses minutes à s'étreindre. Les rires succèdent aux larmes.

« Comment avez-vous su… Et comment m'avez-vous retrouvé ?

— Notre mère nous a toujours parlé de vous. Dès l'âge de raison, elle nous a tout expliqué. »

May enchaîne :

« Il y a quelques semaines, maman est arrivée à la maison en larmes. Nous avons eu peur qu'il soit arrivé quelque chose de grave, mais ses pleurs étaient nerveux, en fait elle rayonnait ! Elle tenait dans ses mains un grand quotidien de notre État du Maine. À la Une de ce journal, il y avait un très bel article sur les droits des Noirs depuis la fin de la guerre. Il y avait une photo du conférencier : vous ! Votre nom ainsi que l'adresse de l'université du grand homme de paix que vous êtes. On peut dire que cette journaliste a dû vraiment vous apprécier, son papier était très élogieux, c'était une certaine Katy…

— Kate McPherson !

— Oui, c'est cela, Kate McPherson ! »

Décidément, ma petite protégée m'avait fait le plus beau cadeau qui soit. J'ai sauvé son avenir et elle m'a fait retrouver mon passé…

Charles n'ose pas, mais il faut qu'il sache :

« Mary va bien ?

— Oh oui ! répondent-ils en cœur.

— Et… elle est…

— Divorcée ! Notre beau-père fut un vrai courant d'air, notre mère l'avait épousé pour donner un nom à son futur enfant. Leur union n'a duré qu'un an et nous n'avons eu ni frère ni sœur.

— Votre mère est médecin ?

— Non, chirurgienne ! Son métier dévore tout son temps.

— Elle travaille aujourd'hui ? demande Charles avec timidité. »

Les deux jeunes se regardent en souriant, ils dirent en même temps :

« Non... En fait, elle est à côté, elle n'était pas sûre que vous voudriez... »

Charles ne peut se contenir plus longtemps, il avait tant espéré cet instant, il avait tant rêvé la revoir et voilà qu'elle n'est qu'à quelques mètres de lui. Il se met à trembler de tous ses membres. Il ne sait plus s'il doit rire ou pleurer, alors il fait les deux en même temps.

Pendant qu'il se dirige vers la porte du petit bureau adjacent, les jumeaux s'éclipsent discrètement, un petit sourire malicieux au coin des lèvres.

Figé devant la porte, Charles aperçoit Mary. Elle est debout et elle lui tourne le dos.

Il se sent perdu et fragile. Terrorisé par la future réaction de son grand amour. Il se sent vieux, laid, inconsistant...

Mais la femme, toute vêtue de dentelle, fait volte-face...

Elle sourit, elle n'a pas changé. Ses cheveux onyx et son regard tout aussi noir soulignent un visage sans ride. Seules, aux coins de ses yeux, de fines pattes d'oie ont creusé de petits sillons.

Charles manque de défaillir, mais Mary se précipite pour l'aider à s'asseoir. Il lui dit d'un ton suppliant :

« C'est bien toi Mary ?

— Oui, Charles... »

Sa voix non plus n'a pas changé. Mary est aussi très émue par ces retrouvailles, mais elle cache un peu ses sentiments, elle pense que son professeur, en pleine force de l'âge, l'a quelque peu oubliée. Mais Charles est bouleversé, presque aphone.

Ils n'arrêtent plus de s'admirer mutuellement. Charles croit utile de justifier son état :

« Cette mèche blanche et cette jambe inerte, je les dois à Gettysburg... »

Mary pleure un peu, puis elle lui prend la main. Ses doigts sont chauds et caressants comme il y a vingt ans.

« Comme tu as dû souffrir ! ...

— C'est si loin Mary... Et le présent, c'est toi ! Pardon : c'est vous ! May et Nelson sont magnifiques ! Je trouve que Nelson te ressemble trait pour trait.

— Oui, mais May a beaucoup pris de toi !

— Je comprends tout Mary, pourquoi tu es partie si vite, sans explication. Pourquoi ta mère et toi avez quitté l'État sans donner d'adresse et pourquoi, malgré mes folles recherches je n'ai pu te retrouver !

— J'ai été cruelle avec toi et je m'en excuse, mais c'était indispensable. Je ne sais pas comment, mais lorsque je suis tombée enceinte, je l'ai su, je l'ai ressenti. Je sais cela paraît insensé, mais je l'ai su... Je ne voulais pas te dire ni te faire de déchirants adieux. Si je l'avais fait, tu te serais laissé mourir ou tu aurais fui avec moi et tu aurais été fusillé pour désertion. La seule solution était de partir sans rien expliquer.

Charles acquiesce.

Elle continue :

— Les doutes, les questions, je savais que cela te garderait en vie. Le "pourquoi" était ma seule arme.

— Je comprends, tout est clair désormais. J'ai rencontré une femme médecin de Peoria, elle avait travaillé avec toi à l'arrière. Elle te croyait malade, tu vomissais régulièrement, tu n'étais pas malade ! Tu étais enceinte, enceinte de nos enfants !

— Oui ! Et j'ai dû quitter l'armée. Ma mère, ma sœur et moi avons fui les médisances avant qu'elles ne commencent. Maman, femme seule, et moi fille-mère, tu vois l'effet ? »

Mary en rit et Charles affiche un sourire de soulagement.

« Nous avons quitté l'Illinois pour le Maine. Ma mère a facilement trouvé une clientèle et j'ai pu terminer mes études. Bien sûr, il me fallait un mari afin de museler les ragots. J'ai choisi le moins intéressant de mes prétendants. Un mariage arrangé en sorte. Il n'a tenu que douze mois, mais une femme divorcée est respectable alors qu'une fille-mère...

— Il savait pour les enfants ?

— Oui ! Il savait, mais je crois que la situation financière de maman l'intéressait bien plus que moi. Il a d'ailleurs pris, avant de partir, une bonne part du gâteau pour payer son silence. J'ai conservé son nom pour les enfants.

— Et la naissance ? Elle a dû te surprendre, des jumeaux !

— Oh oui, j'étais vraiment heureuse. Je m'étais juré que si c'était une fille je lui donnerais le prénom que tu voulais, May, et si j'accouchais d'un garçon nous aimions tous les deux le prénom Nelson : tu t'en souviens ?

— Comme si c'était hier Mary, répond Charles, des sanglots dans la voix.

— Es-tu marié ?...

— Célibataire avec toutes ses manies... »

Mary sourit.

Charles esquisse un geste d'homme blessé :

« M'as-tu recherché ?

— Oui Charles ! L'armée m'a dit que tu étais sorti vivant de Gettysburg, mais que suite à de graves blessures tu avais été versé dans l'intendance. Puis, plus rien depuis mai 1865 ! Après moult recherches, je suis parvenu jusque chez tes parents à Springfield. J'ai été reçu par une jeune femme assez hautaine qui m'a déclaré froidement que tu étais mort au champ d'honneur. »

Merci chère sœur ! pense Charles.

« Mais je n'y ai pas cru, jamais. Ne me demande pas pourquoi, mais j'ai toujours su que tu étais encore vivant... »

Il s'ensuit un long silence. Ils sont toujours main dans la main et une même question les torture. Charles se lance le premier :

« Mary !... Et aujourd'hui... Tu crois que c'est encore possible ? !

— Tu me demandes si je t'aime encore ?

— Oui... Mary...

— Alors, oui Charles ! Tout est encore possible... »

Ils s'embrassent tendrement puis fougueusement. Et aujourd'hui, le soleil de mai éclaire l'université et baigne de ses bienfaits – après vingt ans d'attente – une belle famille, une vraie famille, tout juste reconstituée : les McAndrew.

Notes de l'auteur

Ce roman n'est pas un moratoire pour ou contre la guerre. Il n'est ni pro sudiste ni pro nordiste. Il n'est que le reflet de ma vision sur l'inutilité et la barbarie des combats.

En écrivant ce récit, je me suis tout simplement mis dans la peau d'un homme jeune, esseulé, désespéré par la vie et jeté au cœur de cet affreux chaos sanglant.

Toutes les références historiques ainsi que les détails portant sur les armes et la tenue vestimentaire des combattants ont été tirés de livres faisant référence en la matière.

Les protagonistes de cette aventure, en dehors des personnages célèbres – cités en appendice –, sont les purs fruits de mon imagination.

Les faits de guerre sont réels, mais la romance qui est greffée sur ce fond n'est que simple invention.

Toute similitude avec des personnages ayant réellement existé ne serait dû qu'au hasard d'une pure coïncidence.

Appendice

Liste des personnages historiques ou célèbres cités dans ce roman :

Présidents des États-Unis : Abraham Lincoln. Andrew Johnson.

Président de la Confédération des États sécessionnistes : Jefferson Davis.

Assassin de Lincoln : John Wilkes Booth.
Les frères James et Younger.
Chef des mercenaires du Sud : William Quantrill.

Généraux sudistes :
Général en chef : Robert E. Lee (dit Marse Robert)
Pierre Gustave Beauregard
Braxton Bragg
Jubal Early
Richard Ewell
Nathan Bedford Forrest
Wade Hampton
Ambrose Powell Hill
John Bell Hood
Thomas Jackson (dit Stonewall)
Joseph E. Johnston
James Longstreet
George Pickett
Léonidas Polk
James Stuart (dit Jeb)

Généraux nordistes :
Lieutenant général : Ulysse Grant
Major général : Ambrose Burnside
Nathaniel Banks
John Buford
Edward Canby
George Amstrong Custer
William B. Franklin
William Gregg
Henry W. Halleck
Joseph Hooker
Henry J. Hunt (artillerie)
George B. McClellan
James McPherson
George Gordon Meade
John Reynolds
William S. Rosecrans
William Tecumseh Sherman
George M. Schofield
John Sedgwick
Philip H. Sheridan
Daniel Sickles
Alfred Terry
George Thomas
K. Warren. (général-gouverneur)
James H. Wilson

Amiral :
David Glasgow Farragut
Dixon David Porter

Colonel
Henry Pleasants (génie)

Lexique

Brodequin : forte chaussure à tige montant au-dessus de la cheville.

Cabo : nom familier pour désigner un caporal.

Conducteur d'équipage : fonction dans l'armée pour certains corps militaires, exemple : l'artillerie à cheval.

Confédérés ou : sécessionnistes, rebelles, sudistes, Gris, Johnnies, Rebs.

Contrebande : esclave noir en fuite enrôlé dans l'armée fédérale.

Estafette : militaire chargé de transmettre les dépêches.

Fédéraux ou : unionistes, nordistes, Bleus, Billies, yankees, Yanks.

Forage cap ou fatigue cap : casquette typique des deux corps d'armée. (Le dessus de la casquette se rabat vers la visière.)

Frock Coat : tunique à neuf boutons en cuivre sur une seule rangée.

Giberne : boîte à cartouches.

Hardee Hat : chapeau typique des deux corps d'armée à un bord rabattu.

Hôpital steward : même fonctions qu'un aide-soignant ou qu'un infirmier

Private : équivalent de soldat de première classe.

Sack Coat : vareuse courte en flanelle. (Préféré à la tunique par les soldats durant les combats.)

Train d'artillerie : ensemble composé de tout le nécessaire pour un canon et ses servants : chevaux ; attelage ; charrette transportant les hommes ; canon ; poudre ; boulets ; etc.

Table des matières